Le contexte historique

► Au XIIe siècle, **Louis VI** (1108-1137) et **Louis VII** (1137-1180) agrandissent le royaume et affermissent leur pouvoir. **Philippe Auguste** (1180-1223) reconquiert les provinces du nord de la France et de Normandie, aux mains des Anglais.

► En 1137, **Aliénor d'Aquitaine** épouse Louis VII et devient reine de France. Répudiée en 1152, elle se remarie avec Henri Plantagenêt, futur roi d'Angleterre.

► **Huit croisades** ont été organisées pour délivrer la terre sainte des musulmans et libérer le tombeau du Christ à Jérusalem (1095-1270). Elles ont échoué mais ont été pour les chevaliers l'occasion de réaliser un rêve de gloire.

► Le XIIe siècle est marqué par le **progrès économique**, le perfectionnement des techniques **agricoles** et **une urbanisation** croissante. Foires et échanges commerciaux se développent.

Hugues Capet sur
le trône de France
(dynastie capétienne
jusqu'en 1328)

Louis IX
(Saint Louis)
roi de France

987   1100   1200   **1226**

Croisades

ART ROMAN

La Chanson de Roland
(1100)

Chrétien de Troyes,
Yvain, le Chevalier au lion
(1177-1181)

*Le Roman
de Renart* (1170-1205)

Tristan et Iseut,
versions de Béroul
et de Thomas
(1180-1190)

Œuvres&thèmes
CLASSIQUES HATIER

Collection dirigée
par Hélène Potelet et Georges Décote

Le Roman de Tristan et Iseut

Adapté par Joseph Bédier

Dossier thématique

L'amour fatal

**Ovide, W. Shakespeare, B. de Saint-Pierre,
B. Vian, S. Jay
Et des documents Histoire des arts**

© Hatier
Paris 2015
ISBN 978-2-218-99148-6
ISSN 01840851

Michèle Busseron,
Hélène Potelet,
agrégées de lettres classiques

SOMMAIRE

Le Roman de Tristan et Iseut

CARNET DE LECTURE

QUESTIONS SUR LE...

Le contexte culturel

▶ Le XIIᵉ siècle est marqué par un rayonnement culturel et religieux : fondation **d'ordres religieux**, épanouissement de l'**art roman et gothique**, création des **premières universités**.

▶ Les mœurs des féodaux s'adoucissent : les seigneurs goûtent un nouvel art de vivre, élégant et raffiné. Sous l'influence d'**Aliénor d'Aquitaine** et de ses filles, les femmes occupent à la cour une place privilégiée. À côté de l'héroïsme guerrier se développe **le service d'amour : l'esprit courtois** est né.

▶ Chrétien de Troyes est **l'auteur des premiers romans français** : *Yvain, le chevalier au lion* (vers 1180), *Lancelot ou Le Chevalier à la charrette* (vers 1180), *Perceval ou le Conte du Graal* (vers 1185).

▶ Thomas d'Angleterre, puis Béroul, composent chacun un *Tristan* (l'un vers 1175, l'autre vers 1180). Ils écrivent pour un public parlant l'anglo-normand, installé en Angleterre ou en Normandie.

Fin XIIᵉ siècle : essor des foires en Champagne

1300

Grande épidémie de peste noire

1348

1400

Louis XI roi de France

1461

Découverte de l'Amérique

1492

Guerre de Cent Ans

ART GOTHIQUE

Fabliaux (1150-1300)

La Farce de maître Pathelin (vers 1450)

Tristan et Iseut, un roman d'amour et de mort

Des chansons de geste aux romans courtois

► Après les **chansons de geste** qui racontent les exploits guerriers de personnages historiques (*La Chanson de Roland* par exemple), apparaissent au XIIe siècle les **premiers romans.** Ils content les **aventures des chevaliers** et les prouesses qu'ils accomplissent pour leur dame. On appelle ces romans **romans de chevalerie** ou **romans courtois,** car ils sont destinés à un public de **cour.** Comme beaucoup de gens ne savaient pas lire, ils étaient le plus souvent lus à haute voix par des conteurs poètes.

► Ces romans, à l'origine en vers octosyllabiques (de huit syllabes), sont écrits en **langue romane,** c'est-à-dire en ancien français, langue intermédiaire entre le latin et le français moderne, d'où leur nom de **roman**.

À titre d'exemple, voici quelques vers en **ancien français** et leur traduction, extraits du *Roman de Tristan et Iseut* :

Tristrans en est dolenz e las.	Tristan est dolent et las,
Sovent se plaint, sovent suspire	souvent il se plaint, souvent il soupire
Pur Ysolt que tant il desire,	pour Iseut qui lui manque tant.

La « matière de Bretagne »

▶ Les romans courtois s'inspirent de ce qu'on appelle « la matière de Bretagne ». L'expression désigne un ensemble d'anciennes **légendes celtiques** qui se sont développées en Bretagne, en Grande-Bretagne (Cornouailles, pays de Galles...) et en Irlande (voir carte p. 9) autour de la figure du **roi Arthur** et de ses vaillants **chevaliers de la Table Ronde** (Gauvain, Lancelot, Perceval, Yvain...). Ces récits font largement appel au **merveilleux** (enchantements, prodiges, présence de fées, de géants, de nains...).

▶ Les premiers romans de chevalerie sont les récits de *Tristan et Iseut*, écrits par plusieurs auteurs, puis les romans de Chrétien de Troyes (vers 1135-vers 1190) : *Yvain, le Chevalier au lion* (vers 1180), *Lancelot ou le Chevalier à la charrette* (vers 1180), *Perceval ou le Conte du Graal* (vers 1185).

La courtoisie et l'amour courtois

▶ Les termes *courtois* et *courtoisie* ont été mis à la mode par les poètes, **troubadours** et **trouvères** (les troubadours, au sud de la France, s'expriment en langue d'oc ; les trouvères, au nord, en langue d'oïl).

▶ Au sens large, ces termes signifient la générosité, l'élégance, le raffinement de la vie de cour. Dans un sens plus restreint, ils désignent un **art d'aimer** fondé sur un code précis, le **code courtois** qui assimile les rapports amoureux aux **liens vassaliques** : l'amant courtois se met au service de sa dame, il en est le vassal, comme il l'est de son seigneur.

L'amour courtois ou *fin amor* (amour parfait, en ancien français) est un sentiment noble qui exige loyauté, fidélité, bravoure : la conquête de la dame ne s'obtient qu'au prix de longues épreuves.

Tristan et Iseut, un roman courtois ?

► Avant de boire le philtre, Tristan, tel un chevalier courtois (> Extrait 1 p. 16), avait accompli un **exploit chevaleresque** pour le bien de la société, en tuant le Morholt et le dragon.

► Mais l'**absorption du philtre** (> Extrait 3, p. 47) lui fait oublier ses devoirs de chevalier. Il va jusqu'à trahir le roi Marc, dont il est le vassal. Tristan, par ailleurs, n'accomplit **aucune prouesse** pour conquérir Iseut : l'amour des deux jeunes gens est immédiat et réciproque. Ils vivent ensemble leur passion, ce qui est **contraire à l'idéal courtois** qui considère la dame comme un être inaccessible. Tristan et Iseut se retrouvent alors isolés du monde, emportés tous deux par leur **passion dévorante** qui ne peut se réaliser que **dans la mort**.

Les auteurs du *Roman de Tristan et Iseut*

► *Le Roman de Tristan et Iseut* ne se présente pas comme un roman au sens moderne du terme avec un début, un développement et une fin, mais comme une série d'**épisodes indépendants** les uns des autres, écrits et remaniés par plusieurs auteurs différents au XIIe siècle. Parmi eux, **Thomas** et **Béroul**, d'origine anglo-normande, dont on ne sait s'ils ont été trouvères, jongleurs ou clercs, et deux auteurs allemands, **Eilhart d'Oberg** et **Gottfried de Strasbourg**.

► En 1900, **Joseph Bédier**, un spécialiste du Moyen Âge, a rassemblé les **différents manuscrits** pour en faire une **histoire complète** ; il les a traduits de l'ancien français et adaptés en français moderne et c'est ce texte qui vous est proposé. Notons que l'orthographe du nom Iseut n'est pas fixée ; Bédier a opté pour cette dernière forme, mais on trouve aussi Iseult, Yseult, Yseut.

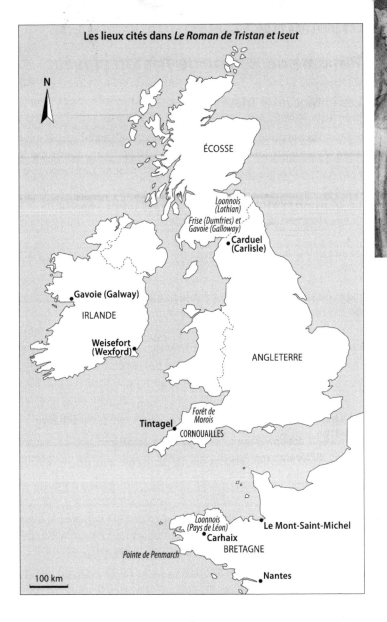

Les lieux cités dans *Le Roman de Tristan et Iseut*

N

ÉCOSSE

Loonnois
(Lothian)

Frise (Dumfries) et
Gavoie (Galloway)

Carduel
(Carlisle)

Gavoie (Galway)

IRLANDE

Weisefort
(Wexford)

ANGLETERRE

Forêt de
Morois

Tintagel
CORNOUAILLES

Loonnois
(Pays de Léon)

Le Mont-Saint-Michel

Carhaix

BRETAGNE

Pointe de Penmarch

Nantes

100 km

9

Résumé du *Roman de Tristan et Iseut*

Les enfances de Tristan (chap. I)

▶ Tristan est le fils de Rivalen, roi de Loonnois et de Blanchefleur, sœur de Marc, roi de Cornouailles. Orphelin dès sa naissance, il est élevé par le fidèle Gorvenal, puis il est recueilli par le roi Marc à sa cour de Tintagel (> **extrait 1**, p. 16).

Le Morholt d'Irlande, la rencontre d'Iseut (chap. II)

▶ Le Morholt, un chevalier géant, frère de la reine d'Irlande, réclame tous les quatre ans à la Cornouailles trois cents garçons et trois cents jeunes filles promis à l'eclavage. Tristan tue le Morholt, mais il est blessé par l'arme empoisonnée du monstre et un fragment de son épée est resté dans le crâne de ce dernier. Les plaies de Tristan s'enveniment et dégagent une puanteur insoutenable. Il prend la mer seul dans une barque, espérant trouver une mort libératrice ou une guérison inespérée... La barque accoste en Irlande. Tristan est recueilli et soigné par la reine et sa fille, Iseut la Blonde. Craignant d'être reconnu comme le meurtrier du Morholt (oncle d'Iseut), il se fait passer pour un jongleur puis, une fois guéri, il retourne auprès du roi Marc qui le traite comme son fils (> **extrait 1**, p. 16).

Le combat contre le dragon, le philtre (chap. III et chap. IV)

▶ Les barons, jaloux de Tristan, pressent le roi de se marier et d'avoir un héritier. Ce dernier, pour retarder l'échéance, déclare qu'il épousera la femme dont un cheveu d'or a été déposé par deux hirondelles sur sa fenêtre. Tristan, se souvenant d'Iseut la Blonde, se rend en Irlande pour aller la chercher (> **extrait 2**, p. 33).

▶ Or, il se trouve que le roi d'Irlande a promis la main de sa fille Iseut à celui qui tuerait un dragon qui terrorise le pays. Tristan,

déguisé en marchand, terrasse le monstre mais s'évanouit car la langue du dragon est empoisonnée et dégage des vapeurs nocives. Iseut, sans le reconnaître, le soigne une nouvelle fois avec ses herbes magiques. Elle admire sa beauté, mais en nettoyant ses armes, elle découvre la brèche dans son épée, la compare au fragment extrait du crâne de son oncle le Morholt et comprend que c'est Tristan qui est son meurtrier. Elle se jette sur lui avec l'épée, mais Tristan la convainc de l'épargner. Il lui révèle ensuite qu'il l'a conquise non pour lui même mais pour le roi Marc (> **extrait 2**, p. 33).

▶ La reine d'Irlande, soucieuse du bonheur de Marc et de sa fille Iseut, confie à la servante Brangien un philtre magique qu'elle devra donner aux nouveaux époux : dès qu'ils le boiront, ils seront pris l'un pour l'autre d'un fol amour et rien ne pourra les désunir. Or, sur le bateau qui conduit Tristan et Iseut en Cornouailles, une servante, par erreur, donne à boire le philtre d'amour aux deux jeunes gens. Les effets s'en font sentir aussitôt : Tristan et Iseut deviennent amants (> **extrait 3**, p. 47).

La forêt du Morois (chap. V à XIV)

▶ Iseut est devenue la femme du roi Marc et vit en cachette sa passion avec Tristan. Mais bientôt, les barons jaloux dénoncent les amants au roi qui les condamne à mort (> **extrait 4**, p. 56). Tristan s'échappe pendant qu'on le conduit au supplice : il entre dans une chapelle, ouvre une fenêtre et saute de la falaise ; puis il va sauver Iseut, livrée par le roi Marc aux lépreux (> **extrait 5**, p. 67).

▶ Les amants se réfugient dans la forêt du Morois. Ils y mènent une vie d'amour et d'errance. Un jour, Tristan s'endort tout habillé auprès d'Iseut, après avoir déposé son épée entre elle et lui. Le roi Marc, à leur recherche, les surprend dans leur sommeil, les épargne et laisse plusieurs indices de son passage : son gant d'hermine, son anneau qu'il échange avec celui d'Iseut, son épée qu'il échange avec celle de son neveu (> **extrait 6**, p. 79). À leur réveil, les amants, troublés, décident de se séparer. Ils s'échangent des gages de leur amour : Tristan offre à Iseut son chien Husdent, Iseut donne à Tristan un anneau de jaspe (pierre précieuse) vert. Iseut rejoint le roi Marc à la cour. Mais les barons demandent au roi de la soumettre au jugement du fer rouge (> **extrait 7**, p. 92).

Iseut aux Blanches Mains (chap. XV à XVIII)

▶ Tristan, inconsolable, erre pendant deux ans en quête d'aventures. Il se rend en Bretagne, et offre ses services au duc Hoël et à son fils Kaherdin dont les terres sont ravagées par la guerre. En récompense, le duc donne à Tristan sa fille en mariage, Iseut aux Blanches Mains. Tristan, qui pense qu'Iseut la Blonde l'a oublié, accepte le mariage mais reste distant envers son épouse (> **extrait 8**, p. 106).

▶ Iseut la Blonde, apprenant le mariage de Tristan, est désespérée. Tristan va la voir à la cour du roi Marc déguisé en lépreux, puis en fou.

La mort des amants (chap. XIX)

▶ Tristan retourne en Bretagne. Au cours d'un dernier exploit, il est mortellement blessé. Il demande à Kaherdin d'aller chercher à Tintagel Iseut la Blonde qui seule pourra le guérir. Il est convenu qu'au retour, il hissera la voile blanche si Iseut a accepté de venir et la voile noire dans le cas contraire.

▶ Iseut aux Blanches Mains, qui découvre le secret de son mari, ment en annonçant que la voile est noire : Tristan, pensant qu'Iseut ne viendra pas, se laisse mourir. Iseut arrive trop tard et meurt de douleur auprès de lui. Le roi Marc ramène les deux corps en Cornouailles.

▶ Pendant la nuit, une ronce vivace est sortie de la tombe de Tristan pour s'enfoncer à jamais dans celle d'Iseut (> **extrait 8**, p. 106).

Les personnages

Deux royaumes, deux familles, trois Iseut

1. Royaume d'Irlande

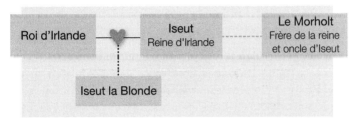

2. Royaume de Cornouailles

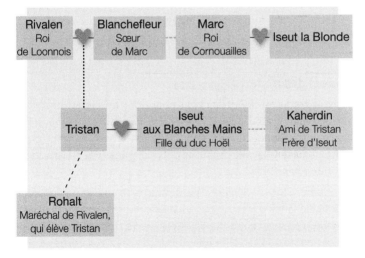

3. Les forces en présence à la cour du roi Marc

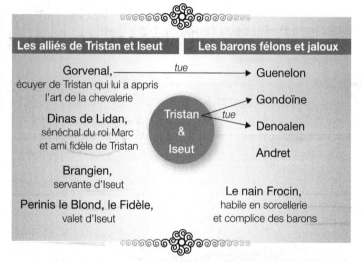

Les alliés de Tristan et Iseut

Gorveral, écuyer de Tristan qui lui a appris l'art de la chevalerie

Dinas de Lidan, sénéchal du roi Marc et ami fidèle de Tristan

Brangien, servante d'Iseut

Perinis le Blond, le Fidèle, valet d'Iseut

Les barons félons et jaloux

Tristan & Iseut

tue → Guenelon

→ Gondoïne

tue → Denoalen

Andret

Le nain Frocin, habile en sorcellerie et complice des barons

4. Les personnages extérieurs à la cour du roi Marc

Frère Ogrin, ermite qui vit dans la forêt du Morois et conseille le repentir à Tristan et Iseut

Le forestier de la forêt du Morois, qui dénonce les amants au roi Marc

Le roi Arthur et ses chevaliers, appelés par Iseut comme garants lors de son jugement

5. Les animaux

Husdent, le fidèle chien de chasse de Tristan, qui le donne en gage d'amour à Iseut

Petit-Crû, le chien enchanté du duc Gilain, ami de Tristan

Le Roman de Tristan et Iseut

Tristan et Iseut buvant le philtre, XVᵉ siècle, enluminure extraite de *Tristan*. Paris, B.N.F.

TEXTE 1

« Tu auras nom Tristan »

Les enfances de Tristan

Seigneurs, vous plaît-il d'entendre un beau conte d'amour et de mort ? C'est de Tristan et d'Iseut la reine. Écoutez comment à grand'joie, à grand deuil[1] ils s'aimèrent, puis en moururent un même jour, lui par elle,
5 elle par lui.

Aux temps anciens, le roi Marc régnait en Cornouailles. Ayant appris que ses ennemis le guerroyaient, Rivalen, roi de Loonnois, franchit la mer pour lui porter son aide. Il le servit par l'épée et par le conseil, comme eût fait un
10 vassal[2], si fidèlement que Marc lui donna en récompense la belle Blanchefleur, sa sœur, que le roi Rivalen aimait d'un merveilleux amour.

Il la prit à femme au moutier[3] de Tintagel. Mais à peine l'eut-il épousée, la nouvelle lui vint que son ancien ennemi,
15 le duc Morgan, s'étant abattu sur le Loonnois, ruinait ses bourgs, ses camps, ses villes. Rivalen équipa ses nefs[4] hâtivement et emporta Blanchefleur, qui se trouvait grosse[5], vers sa terre lointaine. Il atterrit devant son château de Kanoël, confia la reine à la sauvegarde de son maréchal[6]

---

1. **Grand deuil :** grande douleur.
2. **Vassal :** homme qui dépend d'un seigneur et qui lui doit obéissance.
3. **Moutier :** église ou monastère.
4. **Nefs :** navires.
5. **Grosse :** enceinte.
6. **Maréchal :** officier royal.

20 Rohalt, Rohalt que tous, pour sa loyauté, appelaient d'un beau nom, Rohalt le Foi-Tenant[7]; puis, ayant rassemblé ses barons[8], Rivalen partit pour soutenir sa guerre.

Blanchefleur l'attendit longuement. Hélas ! il ne devait pas revenir. Un jour, elle apprit que le duc Morgan l'avait
25 tué en trahison. Elle ne le pleura point : ni cris, ni lamentations, mais ses membres devinrent faibles et vains[9]; son âme voulut, d'un fort désir, s'arracher de son corps. Rohalt s'efforçait de la consoler :

« Reine, disait-il, on ne peut rien gagner à mettre
30 deuil sur deuil ; tous ceux qui naissent ne doivent-ils pas mourir ? Que Dieu reçoive les morts et préserve les vivants !... »

Mais elle ne voulut pas l'écouter. Trois jours elle attendit de rejoindre son cher seigneur. Au quatrième jour, elle mit
35 au monde un fils, et, l'ayant pris entre ses bras :

« Fils, lui dit-elle, j'ai longtemps désiré de te voir ; et je vois la plus belle créature que femme ait jamais portée. Triste j'accouche, triste est la première fête que je te fais, à cause de toi j'ai tristesse à mourir. Et comme ainsi tu es
40 venu sur terre par tristesse, tu auras nom Tristan. »

Quand elle eut dit ces mots, elle le baisa[10], et, sitôt qu'elle l'eut baisé, elle mourut. Rohalt le Foi-Tenant recueillit l'orphelin. Déjà les hommes du duc Morgan enveloppaient le château de Kanoël : comment Rohalt aurait-il pu soutenir
45 longtemps la guerre ? On dit justement : « Démesure n'est

---

7. Le Foi-Tenant : le Fidèle.
8. Barons : grands seigneurs.
9. Vains : faibles, épuisés.
10. Baisa : embrassa.

pas prouesse[11] » ; il dut se rendre à la merci du duc Morgan. Mais, de crainte que Morgan n'égorgeât le fils de Rivalen, le maréchal le fit passer pour son propre enfant et l'éleva parmi ses fils.

50   Après sept ans accomplis, lorsque le temps fut venu de le reprendre aux femmes, Rohalt confia Tristan à un sage maître, le bon écuyer[12] Gorvenal. Gorvenal lui enseigna en peu d'années les arts[13] qui conviennent aux barons. Il lui apprit à manier la lance, l'épée, l'écu[14] et l'arc, à lancer
55 des disques de pierre, à franchir d'un bond les plus larges fossés ; il lui apprit à détester tout mensonge et toute félo- nie[15], à secourir les faibles, à tenir la foi donnée ; il lui apprit diverses manières de chant, le jeu de la harpe et l'art du veneur[16] ; et quand l'enfant chevauchait parmi
60 les jeunes écuyers, on eût dit que son cheval, ses armes et lui ne formaient qu'un seul corps et n'eussent jamais été séparés. À le voir si noble et si fier, large des épaules, grêle[17] des flancs, fort, fidèle et preux, tous louaient Rohalt parce qu'il avait un tel fils. Mais Rohalt, songeant à
65 Rivalen et à Blanchefleur, de qui revivaient la jeunesse et la grâce, chérissait Tristan comme son fils, et secrètement le révérait[18] comme son seigneur.

Chapitre 1

---

11. **Prouesse** : acte de bravoure. **Preux** : courageux.
12. **Écuyer** : jeune homme noble au service du chevalier, futur chevalier lui-même.
13. **Arts** : connaissances.
14. **Écu** : bouclier du chevalier.
15. **Félonie** : acte déloyal.
16. **Veneur** : chasseur qui pratiquait la chasse à courre.
17. **Grêle** : mince, fin.
18. **Révérait** : respectait.

Le Morholt

Enlevé par des marchands norvégiens, puis relâché sur le rivage, Tristan ignore qu'il est en Cornouailles. Accueilli à la cour du roi Marc, qui réside au château de Tintagel, il s'y fait apprécier pour ses talents de chasseur et de joueur de harpe. Marc, conquis, lui propose de rester à la cour.

Trois ans plus tard, Rohalt retrouve Tristan. Il révèle au jeune homme et au roi Marc le lien de parenté qui les unit. Marc l'adoube chevalier. Tristan apprenant aussi de Rohalt que son pays du Loonnois est toujours aux mains du terrible Morgan, s'en va tuer Morgan en combat singulier ; il reconquiert sa terre qu'il donne à Rohalt. Puis il revient servir le roi à Tintagel.

Il se trouve que la Cour de Tintagel est en grand deuil : <u>le Morholt, un chevalier géant, frère de la reine d'Irlande</u>, réclame aux Cornouaillais trois cents jeunes gens et trois cents jeunes filles destinés à devenir esclaves. Il défie les barons de Marc en combat singulier ; si l'un d'eux est vainqueur, le royaume de Cornouailles sera libéré de sa dette.

Le Morholt dit encore :

70 « Lequel d'entre vous, seigneurs cornouaillais, veut prendre mon gage[19] ? Je lui offre une belle bataille car, à trois jours d'ici, nous gagnerons sur des barques l'île Saint-Samson, au large de Tintagel. Là, votre chevalier et moi, nous combattrons seul à seul, et la louange d'avoir tenté la bataille rejaillira sur toute sa parenté. »

---

19. Gage : objet (gant, chaperon…) que l'assaillant jette à terre et que l'autre ramasse pour accepter le défi.

75 Ils se taisaient toujours, et le Morholt ressemblait au gerfaut[20] que l'on enferme dans une cage avec de petits oiseaux : quand il y entre, tous deviennent muets.

Le Morholt parla pour la troisième fois :

« Eh bien, beaux seigneurs cornouaillais, puisque ce 80 parti vous semble le plus noble, tirez vos enfants au sort et je les emporterai ! Mais je ne croyais pas que ce pays ne fût habité que par des serfs. »

Alors Tristan s'agenouilla aux pieds du roi Marc, et dit :

« Seigneur roi, s'il vous plaît de m'accorder ce don, je 85 ferai la bataille. »

En vain le roi Marc voulut l'en détourner. Il était jeune chevalier : de quoi lui servirait sa hardiesse ? Mais Tristan donna son gage au Morholt, et le Morholt le reçut.

Au jour dit, Tristan se plaça sur une courtepointe de 90 cendal[21] vermeil, et se fit armer pour la haute aventure. Il revêtit le haubert et le heaume[22] d'acier bruni. Les barons pleuraient de pitié sur le preux[23] et de honte sur eux-mêmes. « Ah ! Tristan, se disaient-ils, hardi baron, belle jeunesse, que n'ai-je, plutôt que toi, entrepris cette 95 bataille ! Ma mort jetterait un moindre deuil sur cette terre !... » Les cloches sonnent, et tous, ceux de la baronnie et ceux de la gent menue[24], vieillards, enfants et femmes, pleurant et priant, escortent Tristan jusqu'au rivage. Ils

---

20. Gerfaut : gros faucon dressé pour la chasse.
21. Cendal : couverture de soie.
22. Le haubert et le heaume : le haubert est une chemise en mailles de métal, qui protégeait le torse, le cou et la tête ; le heaume est un casque qui recouvrait toute la tête.
23. Preux : le courageux jeune homme.
24. Gent menue : le petit peuple.

espéraient encore, car l'espérance au cœur des hommes
100 vit de chétive pâture[25].

Tristan monta seul dans une barque et cingla vers l'île
Saint-Samson. Mais le Morholt avait tendu à son mât une
voile de riche pourpre, et le premier il aborda dans l'île.
Il attachait sa barque au rivage, quand Tristan, touchant
105 terre à son tour, repoussa du pied la sienne vers la mer.

« Vassal, que fais-tu ? dit le Morholt, et pourquoi n'as-tu
pas retenu comme moi ta barque par une amarre ?

– Vassal, à quoi bon ? répondit Tristan. L'un de nous
reviendra seul vivant d'ici : une seule barque ne lui suffit-
110 elle pas ? »

Et tous deux, s'excitant au combat par des paroles outra-
geuses, s'enfoncèrent dans l'île.

Nul ne vit l'âpre[26] bataille ; mais, par trois fois, il sembla
que la brise de mer portait au rivage un cri furieux. Alors,
115 en signe de deuil, les femmes battaient leurs paumes[27] en
chœur, et les compagnons du Morholt, massés à l'écart
devant leurs tentes, riaient. Enfin, vers l'heure de none[28],
on vit au loin se tendre la voile de pourpre ; la barque de
l'Irlandais se détacha de l'île, et une clameur de détresse
120 retentit : « Le Morholt ! le Morholt ! » Mais, comme la
barque grandissait, soudain, au sommet d'une vague, elle
montra un chevalier qui se dressait à la proue ; chacun
de ses poings tendait une épée brandie : c'était Tristan.
Aussitôt vingt barques volèrent à sa rencontre et les

---

25. Chétive pâture : de peu d'aliment (il en faut peu aux hommes pour espérer).
26. Âpre : dure, rude.
27. Paumes : mains.
28. Heure de none : neuvième heure après le lever du soleil, soit environ 15 heures.

125 jeunes hommes se jetaient à la nage. Le preux s'élança sur la grève[29] et, tandis que les mères à genoux baisaient ses chausses[30] de fer, il cria aux compagnons du Morholt :

« Seigneurs d'Irlande, le Morholt a bien combattu. Voyez : mon épée est ébréchée, un fragment de la lame 130 est resté enfoncé dans son crâne. Emportez ce morceau d'acier, seigneurs : c'est le tribut[31] de la Cornouailles ! »

Alors il monta vers Tintagel. Sur son passage, les enfants délivrés agitaient à grands cris des branches vertes, et de riches courtines[32] se tendaient aux fenêtres. Mais quand, 135 parmi les chants d'allégresse[33], aux bruits des cloches, des trompes et des buccines[34], si retentissants qu'on n'eût pas ouï [35] Dieu tonner, Tristan parvint au château, il s'affaissa entre les bras du roi Marc : et le sang ruisselait de ses blessures.

140 À grand déconfort[36], les compagnons du Morholt abordèrent en Irlande. Naguère, quand il rentrait au port de Weisefort[37], le Morholt se réjouissait à revoir ses hommes assemblés qui l'acclamaient en foule, et la reine sa sœur, et sa nièce, Iseut la Blonde, aux cheveux d'or, dont la 145 beauté brillait déjà comme l'aube qui se lève. Tendrement elles lui faisaient accueil, et, s'il avait reçu quelque bles-

---

29. **Grève :** rivage.
30. **Chausses :** partie de l'équipement du chevalier qui couvrait le corps de la taille aux genoux ou aux pieds.
31. **Tribut :** ce que le vaincu doit donner ou payer au vainqueur.
32. **Courtines :** tentures, rideaux.
33. **Allégresse :** grande joie.
34. **Buccines :** trompettes.
35. **Ouï :** entendu.
36. **À grand déconfort :** fort désolés.
37. **Weisefort :** voir la carte, p.9.

sure, elles le guérissaient ; car elles savaient les baumes[38] et les breuvages qui raniment les blessés déjà pareils à des morts. Mais de quoi leur serviraient maintenant les
150 recettes magiques, les herbes cueillies à l'heure propice, les philtres[39] ? Il gisait mort, cousu dans un cuir de cerf, et le fragment de l'épée ennemie était encore enfoncé dans son crânc. Iseut la Blonde l'en retira pour l'enfermer dans un coffret d'ivoire, précieux comme un reliquaire[40]. Et,
155 courbées sur le grand cadavre, la mère et la fille, redisant sans fin l'éloge du mort et sans répit lançant la même imprécation[41] contre le meurtrier, menaient à tour de rôle parmi les femmes le regret funèbre. De ce jour, Iseut la Blonde apprit à haïr le nom de Tristan de Loonnois.

160 Mais, à Tintagel, Tristan languissait[42] : un sang venimeux découlait de ses blessures. Les médecins connurent que le Morholt avait enfoncé dans sa chair un épieu[43] empoisonné, et comme leurs boissons et leur thériaque[44] ne pouvaient le sauver, ils le remirent à la garde de Dieu. Une puanteur
165 si odieuse s'exhalait[45] de ses plaies que tous ses plus chers amis le fuyaient, tous, sauf le roi Marc, Gorvenal et Dinas de Lidan[46]. Seuls, ils pouvaient demeurer à son chevet, et leur amour surmontait leur horreur. Enfin, Tristan se fit porter dans une cabane construite à l'écart sur le rivage ;

---

38. Baumes : remèdes.
39. Philtres : potions magiques.
40. Reliquaire : coffre où l'on garde les reliques (restes) des saints.
41. Imprécation : malédiction.
42. Languissait : perdait lentement ses forces.
43. Epieu : gros bâton terminé par une partie plate et pointue en fer.
44. Thériaque : remède contre le venin.
45. S'exhalait : sortait.
46. Dinas de Lidan : sénéchal, ministre, proche de Tristan.

170 et, couché devant les flots, il attendait la mort. Il songeait : « Vous m'avez donc abandonné, roi Marc, moi qui ai sauvé l'honneur de votre terre ? Non, je le sais, bel oncle, que vous donneriez votre vie pour la mienne ; mais que pourrait votre tendresse ? Il me faut mourir. Il est doux, pour-
175 tant, de voir le soleil, et mon cœur est hardi encore. Je veux tenter la mer aventureuse... je veux qu'elle m'emporte au loin, seul. Vers quelle terre ? Je ne sais, mais là peut-être où je trouverai qui me guérisse. Et peut-être un jour vous servirai-je encore, bel oncle, comme votre harpeur, et votre
180 veneur[47], et votre bon vassal. »

Il supplia tant, que le roi Marc consentit à son désir. Il le porta sur une barque sans rames ni voile, et Tristan voulut qu'on déposât seulement sa harpe près de lui. À quoi bon les voiles que ses bras n'auraient pu dresser ? À quoi bon
185 les rames ? À quoi bon l'épée ? Comme un marinier, au cours d'une longue traversée, lance par-dessus bord le cadavre d'un ancien compagnon, ainsi, de ses bras trem-blants, Gorvenal poussa au large la barque où gisait son cher fils, et la mer l'emporta.

190 Sept jours et sept nuits, elle l'entraîna doucement. [...]

Des pêcheurs le recueillent et le ramènent au port...

Hélas ! ce port était Weisefort, où gisait le Morholt, et leur dame[48] était Iseut la Blonde. Elle seule, habile aux philtres, pouvait sauver Tristan ; mais, seule parmi les

---

47. Veneur : ici, officier qui s'occupait des chasses à courre.
48. Dame : maîtresse.

femmes, elle voulait sa mort. Quand Tristan, ranimé par
195 son art, se reconnut, il comprit que les flots l'avaient jeté
sur une terre de péril[49]. Mais, hardi encore à défendre sa
vie, il sut trouver rapidement de belles paroles rusées.
Il conta qu'il était un jongleur qui avait pris passage sur
une nef marchande ; il naviguait vers l'Espagne pour y
200 apprendre l'art de lire dans les étoiles ; des pirates avaient
assailli la nef : blessé, il s'était enfui sur cette barque. On
le crut : nul des compagnons du Morholt ne reconnut le
beau chevalier de l'île Saint-Samson, si laidement le venin
avait déformé ses traits. Mais quand, après quarante jours,
205 Iseut aux cheveux d'or l'eut presque guéri, comme déjà,
en ses membres assouplis, commençait à renaître la grâce
de la jeunesse, il comprit qu'il fallait fuir ; il s'échappa, et,
après maints dangers courus, un jour il reparut devant le
roi Marc.

Chapitre 2

---

49. **Péril :** danger.

QUESTIONS SUR LE TEXTE 1

AI-JE BIEN LU ?

1 **a.** Citez les noms du père, de la mère et de l'oncle de Tristan.
b. Quel lien de parenté y a-t-il entre Iseut et le Morholt ?

2 Associez chaque nom à un lieu.

Marc • • Irlande
Rivalen • • Cornouailles
Le Morholt • • Loonnois (Bretagne)

3 **a.** Qui a recueilli Tristan enfant ? Qui est chargé de son éducation ?
b. Quel roi Tristan a-t-il choisi de servir ensuite ?

4 **a.** Qui est le Morholt ? Pourquoi Tristan l'affronte-t-il ?
b. Quelle est l'issue du combat ?

5 **a.** Pourquoi Tristan se retrouve-t-il en Irlande ?
b. Qui soigne sa blessure ?
c. Que fait-il une fois guéri ?

J'ANALYSE LE TEXTE

Le narrateur

Le narrateur est celui qui raconte l'histoire. Il peut être **personnage de l'histoire** (récit à la première personne) ou **extérieur à l'histoire** (récit à la troisième personne).
Les romans de chevalerie ou romans courtois sont destinés à un **public de Cour**. Ils sont lus à haute voix par un narrateur qui intervient souvent par **des commentaires**.

6 **a.** À qui le narrateur s'adresse-t-il dans les premières lignes ?
b. Citez deux termes qui montrent que le récit s'adresse à des auditeurs.

— L'anticipation

> Le narrateur raconte en principe les événements selon l'ordre chronologique. Mais il peut procéder à des **anticipations** : l'événement est rapporté avant le moment où il se situe dans l'histoire.

7 Quels éléments de l'intrigue le narrateur dévoile-t-il ?

Le parcours de Tristan

— La naissance et l'éducation

> Ouvrir le récit de la vie d'un héros par les aventures de ses parents est un usage fréquent au Moyen Âge.

8 Quelle est l'histoire des parents de Tristan ?

9 Pourquoi l'enfant a-t-il reçu le prénom de Tristan ?

10 **a.** Quelles disciplines et valeurs chevaleresques sont enseignées à Tristan ?

b. Quelles sont les qualités du jeune homme (l. 59-64) ?

— Le combat initiatique

> Dans les romans de chevalerie, le jeune homme accède au statut de héros guerrier après une prouesse glorifiante.

11 Quel adjectif caractérise la bataille (l. 113-114) ?

12 Le Morholt est-il un adversaire redoutable ? À qui est-il comparé (l. 75-77) ?

> L'île représente le lieu de l'initiation, situé hors du monde. La mer est un espace symbolique, un lieu de passage.

13 Que symbolise la traversée de la mer dans le parcours du jeune chevalier ?

CARNET DE LECTURE

QUESTIONS SUR LE TEXTE 1

14 **a.** Quel accueil Tristan, vainqueur, reçoit-il de la part des Cornouaillais (l. 124-127) ?
b. Quel don fait-il aux vaincus (l. 128-131) ?

Le personnage d'Iseut

15 Relevez les mots, les expressions et la comparaison qui caractérisent Iseut (l. 141-145).
16 **a.** Pour quelle raison Iseut hait-elle Tristan ?
b. Pourquoi est-elle la seule à pouvoir le guérir ?

La conduite du récit

— **Le point de vue**

> Dans un récit, le narrateur peut choisir de raconter les événements à travers **le point de vue d'un ou plusieurs personnages** et de ne dévoiler que ce que perçoivent ces personnages.

17 **a.** Le narrateur raconte-t-il le combat (l. 113-114) ?
b. À travers les yeux et les oreilles de quels personnages le combat et le retour du vainqueur sont-ils perçus ?
c. Comment et pourquoi le narrateur retarde-t-il la révélation du nom du vainqueur ?

Je formule mes impressions

18 **a.** La connaissance du dénouement vous ôte-t-elle du plaisir à la découverte de l'histoire ?
b. Si vous ne vous posez plus la question de savoir ce qui va arriver aux héros, quelle autre question vous posez-vous ?

J'ÉTUDIE LA LANGUE

Grammaire : la valeur des temps du passé

....

> Dans un récit au passé, le **passé simple** est utilisé pour exprimer les actions de premier plan ; l'**imparfait** pour tout ce qui constitue l'arrière-plan (expression de la durée, descriptions, répétition...).

19 Identifiez les temps des verbes en gras. Quelles sont les valeurs des deux temps utilisés dans ce passage ?

Aux temps anciens, le roi Marc **régnait** *en Cornouailles. Ayant appris que ses ennemis le* **guerroyaient,** *Rivalen, roi de Loonnois,* **franchit** *la mer pour lui porter son aide. Il le* **servit** *par l'épée et par le conseil,[...] si fidèlement que Marc lui* **donna** *en récompense la belle Blanchefleur, sa sœur, que le roi Rivalen* **aimait** *d'un merveilleux amour.*

Vocabulaire du Moyen Âge : le mot « chevalier »

....

> Le mot « cheval » vient du latin *caballus* qui désigne un cheval destiné aux travaux agricoles, par opposition à *equus* qui désigne un cheval de parade ou un cheval de combat.
> • Le mot *caballus* a donné : chevalin(e), chevalier, chevauchée, cavalier, cavale.
> • Le mot *equus* a donné : équestre, équidés.

20 Complétez les phrases en utilisant les mots issus de *caballus* et d'*equus* (cités ci-dessus).

a. Un concours qui porte sur l'art de monter à cheval est un concours...

b. Une personne qui monte à cheval est un ....

c. Un parcours à cheval plutôt rapide est une....

d. Un animal appartenant à la famille du cheval est un....

e. Une jument de race est une .....

f. Au Moyen Âge, un noble combattant à cheval est un ...

g. Le poney appartient à la race .... (des chevaux).

QUESTIONS SUR LE TEXTE 1

J'ÉCRIS

Je transpose un récit de paroles au style direct

....

21 Développez le résumé des paroles de Tristan en utilisant le style direct : « Il conta qu'il était un jongleur qui avait pris passage sur une nef marchande ; il naviguait vers l'Espagne pour y apprendre l'art de lire dans les étoiles ; des pirates avaient assailli la nef : blessé, il s'était enfui sur cette barque. »

CONSIGNES D'ÉCRITURE
– Rédigez à la première personne ; supprimez le verbe introducteur (« Il conta »).
– Utilisez le présent, passé composé, imparfait (pas le passé simple).
– Respectez le cadre médiéval : navire à voile, croyance en l'astrologie, combat à l'épée, au couteau, à l'arc...

POUR ALLER PLUS LOIN

Lire : Thésée et le Minotaure

....

Le combat de Thésée contre le Minotaure (mythologie grecque) a été une des sources d'inspiration du Roman de Tristan et Iseut. *Thésée est le fils d'Égée, roi d'Athènes.*

Égée informa Thésée d'une triste situation : à la suite de la mort d'un de ses fils, tué par des Athéniens, le roi de Crète[1] Minos exigeait que, chaque année, sept jeunes gens et sept jeunes filles d'Athènes soient livrés en Crète, pour être dévorés par un monstre mi-homme mi-taureau, qu'il gardait dans son palais de Cnossos[2] : le Minotaure.

---

1. Crète : île au sud de la Grèce.
2. Cnossos : capitale du roi Minos.

Thésée s'indigne : il faut en finir avec cette servitude, qui dure déjà depuis trois ans ! Il décide de faire partie du groupe de jeunes gens destinés au Minotaure. Le départ est proche et dans le port on voit un navire aux sinistres voiles noires qui doit emmener les futures victimes. Thésée promet à son père que, s'il réussit à vaincre le monstre, il fera mettre des voiles blanches au moment du retour. On embarque et le navire s'éloigne de la côte pour rejoindre la lointaine île de Crète

Arrivés en Crète, les sept jeunes gens et les sept jeunes filles sont amenés devant le Labyrinthe, mystérieuse construction imaginée par Dédale, l'architecte du roi Minos, et qui sert de demeure au Mi notaure. Ce Labyrinthe était fait de telle sorte qu'une fois entré, il était impossible d'en sortir, tant le plan des couloirs, des ouvertures et des passages était compliqué.

Ariane, la fille du roi Minos, tombe amoureuse de Thésée au premier regard. En échange d'une promesse de mariage, elle lui donne une pelote de laine pour l'aider à sortir du Labyrinthe : il n'aura qu'à dévider le fil, tuer le Minotaure et rembobiner ensuite la pelote pour retrouver la sortie.

Déroulant sa pelote, il traverse le Labyrinthe. Les hurlements du monstre se rapprochent. Enfin, dans une sorte de cour intérieure, le héros l'aperçoit. Il est hideux, effroyable, mais le jeune homme ne se laisse pas impressionner, il l'assomme à coups de poing et réussit à le tuer : les Athéniens sont débarrassés du Minotaure !

Thésée et les jeunes Athéniens s'enfuient sur leur bateau après avoir détruit la flotte crétoise. Lors d'une escale dans une île, Thésée abandonne Ariane, peut-être sur l'ordre du dieu Dionysos qui veut en faire son épouse...

Le voyage de retour s'achève. Thésée, tout à la joie de sa victoire, oublie la promesse faite à son père et ne change pas les voiles. Quand Égée aperçoit de loin les voiles noires du navire qui a emmené son fils, il est saisi par le désespoir, il croit Thésée mort et se jette dans la mer. C'est depuis ce jour que cette partie orientale de la mer Méditerranée s'appelle la mer Égée...

Odile Gandon, *Dieux et héros de l'Antiquité*, « Thésée »,
© Le Livre de Poche Jeunesse, 2014.

㉒ a. Établissez les points communs entre le combat de Tristan contre le Morholt et celui de Thésée contre le Minotaure (motif du combat, qualités des héros, caractère monstrueux de leur adversaire, lieu géographique du combat, méprise sur les voiles).
b. Quelle difficulté supplémentaire Thésée rencontre-t-il ? Quelle aide reçoit-il pour cela ?
c. Pour lequel des héros la méprise sur les voiles a-t-elle une conséquence tragique ?

« Le dragon vomit par les naseaux un double jet de flammes venimeuses »

La quête de la belle aux cheveux d'or

À la cour du roi Marc, quatre barons (Andret, Guenelon, Gondoïne et Denoalen) sont jaloux de Tristan et redoutent que Marc ne le désigne comme son héritier. Ils le poussent à se marier.

Le roi résistait et jurait en son cœur qu'aussi longtemps que vivrait son cher neveu, nulle fille de roi n'entrerait en sa couche. Mais, à son tour, Tristan qui supportait à grand' honte le soupçon d'aimer son oncle à bon profit[1], le
5 menaça · que le roi se rendît à la volonté de sa baronnie[2]; sinon, il abandonnerait la cour, il s'en irait servir le riche roi de Gavoie[3]. Alors Marc fixa un terme à ses barons : à quarante jours de là, il dirait sa pensée.

Au jour marqué, seul dans sa chambre, il attendait leur
10 venue et songeait tristement : « Où donc trouver fille de roi si lointaine et inaccessible que je puisse feindre[4], mais feindre seulement, de la vouloir pour femme ? »

À cet instant, par la fenêtre ouverte sur la mer, deux hirondelles qui bâtissaient leur nid entrèrent en se querel-
15 lant, puis, brusquement effarouchées, disparurent. Mais

---

1. À bon profit : par intérêt.
2. Se rendît à la bonne volonté de sa baronnie : agisse selon la volonté de ses barons.
3. Gavoie : ville située sur la côte ouest de l'Irlande.
4. Feindre : faire semblant.

de leurs becs s'était échappé un long cheveu de femme, plus fin que fil de soie, qui brillait comme un rayon de soleil.

Marc, l'ayant pris, fit entrer les barons et Tristan, et leur dit :

20 « Pour vous complaire, seigneurs, je prendrai femme, si toutefois vous voulez quérir[5] celle que j'ai choisie.

– Certes, nous le voulons, beau seigneur ; qui donc est celle que vous avez choisie ?

– J'ai choisi celle à qui fut ce cheveu d'or, et sachez que je 25 n'en veux point d'autre ;

– Et de quelle part, beau seigneur, vous vient ce cheveu d'or ? qui vous l'a porté ? et de quel pays ?

– Il me vient, seigneurs, de la Belle aux cheveux d'or ; deux hirondelles me l'ont porté ; elles savent de quel 30 pays. »

Les barons comprirent qu'ils étaient raillés et déçus[6]. Ils regardaient Tristan avec dépit, car ils le soupçonnaient d'avoir conseillé cette ruse. Mais Tristan, ayant considéré le cheveu d'or, se souvint d'Iseut la Blonde. Il sourit et 35 parla ainsi :

« Roi Marc, vous agissez à grand tort ; et ne voyez-vous pas que les soupçons de ces seigneurs me honnissent[7] ? Mais vainement vous avez préparé cette dérision[8] : j'irai quérir la Belle aux cheveux d'or. Sachez que la quête 40 est périlleuse et qu'il me sera plus malaisé de retourner de son pays que de l'île où j'ai tué le Morholt ; mais de

---

5. **Quérir :** chercher.
6. **Déçus :** trompés.
7. **Honnissent :** couvrent de honte.
8. **Dérision :** ruse.

nouveau je veux mettre pour vous, bel oncle, mon corps et ma vie à l'aventure. Afin que vos barons connaissent si je vous aime d'amour loyal, j'engage ma foi par ce serment :
45 ou je mourrai dans l'entreprise, ou je ramènerai en ce château de Tintagel la Reine aux blonds cheveux.»

Tristan équipe une nef et cingle vers la côte irlandaise, accompagné de cent chevaliers déguisés en marchands car le roi d'Irlande, depuis le meurtre du Morholt, pourchassait les nefs cornouaillaises. Arrivé au port de Weisefort (voir texte 1, l. 142), il attend quelque temps avant de sortir de son navire.

Or, un matin, au point du jour, il ouït[9] une voix si épouvantable qu'on eût dit[10] le cri d'un démon. Jamais il n'avait entendu bête glapir en telle guise[11], si horrible et si
50 merveilleuse. Il appela une femme qui passait sur le port :
« Dites-moi, fait-il, dame, d'où vient cette voix que j'ai ouïe ? ne me le cachez pas.
– Certes, sire, je vous le dirai sans mensonge. Elle vient d'une bête fière et la plus hideuse qui soit au monde.
55 Chaque jour, elle descend de sa caverne et s'arrête à l'une des portes de la ville. Nul n'en peut sortir, nul n'y peut entrer, qu'on n'ait livré au dragon une jeune fille ; et, dès qu'il la tient entre ses griffes, il la dévore en moins de temps qu'il n'en faut pour dire une patenôtre[12].

---

9. Ouït : entendit.
10. Eût dit : aurait dit.
11. Telle guise : de cette manière.
12. Patenôtre : prière.

60 – Dame, dit Tristan, ne vous raillez pas de moi, mais
dites-moi s'il serait possible à un homme né de mère[13] de
l'occire[14] en bataille.

– Certes, beau doux sire, je ne sais ; ce qui est assuré,
c'est que vingt chevaliers éprouvés ont déjà tenté l'aven-
65 ture ; car le roi d'Irlande a proclamé par voix de héraut[15]
qu'il donnerait sa fille Iseut la Blonde à qui tuerait le
monstre ; mais le monstre les a tous dévorés. »

Tristan quitte la femme et retourne vers sa nef[16]. Il
s'arme en secret, et il eût fait beau voir sortir de la nef
70 de ces marchands si riche destrier[17] de guerre et si fier
chevalier. Mais le port était désert, car l'aube venait à
peine de poindre[18], et nul ne vit le preux[19] chevaucher
jusqu'à la porte que la femme lui avait montrée. Soudain,
sur la route, cinq hommes dévalèrent, qui éperonnaient
75 leurs chevaux, les freins[20] abandonnés, et fuyaient vers
la ville… Tristan saisit au passage l'un d'entre eux par ses
rouges cheveux tressés, si fortement qu'il le renversa sur
la croupe de son cheval et le maintint arrêté :

« Dieu vous sauve, beau sire[21]! dit Tristan ; par quelle
80 route vient le dragon ? »

Et quand le fuyard lui eut montré la route, Tristan le
relâcha.

---

13. Né de mère : né de mère humaine.
14. Occire : tuer.
15. Héraut : officier chargé des proclamations officielles.
16. Nef : grand navire à voiles.
17. Destrier : cheval de bataille que l'on tient de la main droite.
18. L'aube venait à peine de poindre : le jour venait à peine de se lever.
19. Le preux : l'homme courageux, ici Tristan.
20. Frein : mors (morceau de métal glissé dans la bouche du cheval et attaché à la bride).
21. Beau sire : seigneur.

Le monstre approchait. Il avait la tête d'une guivre[22], les yeux rouges et tels que des charbons embrasés, deux
85 cornes au front, les oreilles longues et velues, des griffes de lion, une queue de serpent, le corps écailleux d'un grif-fon[23].

Tristan lança contre lui son destrier d'une telle force que, tout hérissé de peur, il bondit pourtant contre le
90 monstre. La lance de Tristan heurta les écailles et vola en éclats. Aussitôt le preux tire son épée, la lève et l'assène[24] sur la tête du dragon, mais sans même entamer le cuir. Le monstre a senti l'atteinte, pourtant ; il lance ses griffes contre l'écu[25], les y enfonce, et en fait voler les attaches.
95 La poitrine découverte, Tristan le requiert[26] encore de l'épée, et le frappe sur les flancs d'un coup si violent que l'air en retentit. Vainement : il ne peut le blesser. Alors, le dragon vomit par les naseaux un double jet de flammes venimeuses : le haubert[27] de Tristan noircit comme un
100 charbon éteint, son cheval s'abat et meurt. Mais, aussitôt relevé, Tristan enfonce sa bonne épée dans la gueule du monstre : elle y pénètre toute et lui fend le cœur en deux parts. Le dragon pousse une dernière fois son cri horrible et meurt.
105 Tristan lui coupa la langue et la mit dans sa chausse[28]. Puis, tout étourdi par la fumée âcre, il marcha, pour y

---

22. **Guivre :** serpent monstrueux.
23. **Griffon :** monstre à corps de lion et à tête d'aigle.
24. **Assène :** l'abat violemment.
25. **Écu :** bouclier.
26. **Requiert :** le cherche, l'attaque.
27. **Haubert :** partie de l'armure qui couvre le torse, la tête et le cou.
28. **Chausse :** jambière.

boire, vers une eau stagnante qu'il voyait briller à quelque distance. Mais le venin distillé par la langue du dragon s'échauffa contre son corps, et, dans les hautes herbes qui 110 bordaient le marécage, le héros tomba inanimé.

Or, sachez que le fuyard aux rouges cheveux tressés était Aguynguerran le Roux, le sénéchal[29] du roi d'Irlande, et qu'il convoitait Iseut la Blonde. Il était couard[30], mais telle est la puissance de l'amour que chaque matin il s'embus-115 quait[31], armé, pour assaillir le monstre ; pourtant, du plus loin qu'il entendait son cri, le preux fuyait. Ce jour-là, suivi de ses quatre compagnons, il osa rebrousser chemin. Il trouva le dragon abattu, le cheval mort, l'écu brisé, et pensa que le vainqueur achevait de mourir en quelque 120 lieu. Alors, il trancha la tête du monstre, la porta au roi et réclama le beau salaire promis.

Le roi ne crut guère à sa prouesse[32] ; mais voulant lui faire droit[33], il fit semondre[34] ses vassaux de venir à sa cour, à trois jours de là : devant le barnage[35] assemblé, le 125 sénéchal Aguynguerran fournirait la preuve de sa victoire.

Quand Iseut la Blonde apprit qu'elle serait livrée à ce couard, elle fit d'abord une longue risée[36], puis se lamenta. Mais, le lendemain, soupçonnant l'imposture, elle prit avec elle son valet[37], le blond, le fidèle Perinis, et Brangien, sa

---

29. **Sénéchal :** ministre.
30. **Couard :** peureux.
31. **S'embusquait :** se postait, se cachait.
32. **Prouesse :** exploit.
33. **Lui faire droit :** tenir sa promesse.
34. **Semondre :** avertir.
35. **Barnage :** assemblée des barons.
36. **Une longue risée :** elle rit longtemps.
37. **Valet :** jeune noble au service d'un seigneur.

130 jeune servante et sa compagne, et tous trois chevauchèrent
en secret vers le repaire du monstre, tant qu'Iseut remarqua sur la route des empreintes de forme singulière : sans
doute, le cheval qui avait passé là n'avait pas été ferré en ce
pays. Puis elle trouva le monstre sans tête et le cheval mort ;
135 il n'était pas harnaché selon la coutume d'Irlande. Certes,
un étranger avait tué le dragon ; mais vivait-il encore ?

Iseut, Perinis et Brangien le cherchèrent longtemps ;
enfin, parmi les herbes du marécage, Brangien vit briller
le heaume[38] du preux. Il respirait encore. Perinis le prit
140 sur son cheval et le porta secrètement dans les chambres
des femmes. Là, Iseut conta l'aventure à sa mère, et lui
confia l'étranger. Comme la reine lui ôtait son armure, la
langue envenimée du dragon tomba de sa chausse. Alors
la reine d'Irlande réveilla le blessé par la vertu[39] d'une
145 herbe, et lui dit :

« Étranger, je sais que tu es vraiment le tueur du
monstre. Mais notre sénéchal, un félon[40], un couard, lui
a tranché la tête et réclame ma fille Iseut la Blonde pour
sa récompense. Sauras-tu, à deux jours d'ici, lui prouver
150 son tort par bataille ?

– Reine, dit Tristan, le terme[41] est proche. Mais, sans
doute, vous pouvez me guérir en deux journées. J'ai
conquis Iseut sur le dragon ; peut-être je la conquerrai
sur le sénéchal. »

---

38. Heaume : casque.
39. Vertu : pouvoir.
40. Félon : traître.
41. Le terme : la date.

155 Alors la reine l'hébergea richement, et brassa pour lui des remèdes efficaces. Au jour suivant, Iseut la Blonde lui prépara un bain et doucement oignit son corps d'un baume[42] que sa mère avait composé. Elle arrêta ses regards sur le visage du blessé, vit qu'il était beau, et se prit à

160 penser : « Certes, si sa prouesse vaut sa beauté, mon champion fournira une rude bataille ! » Mais Tristan, ranimé par la chaleur de l'eau et la force des aromates, la regardait, et, songeant qu'il avait conquis la Reine aux cheveux d'or, se mit à sourire. Iseut le remarqua et se dit : « Pourquoi cet

165 étranger a-t-il souri ? Ai-je rien fait qui ne convienne pas ? Ai-je négligé l'un des services qu'une jeune fille doit rendre à son hôte ? Oui, peut-être a-t-il ri parce que j'ai oublié de parer[43] ses armes ternies par le venin. »

Elle vint donc là où l'armure de Tristan était déposée :

170 « Ce heaume est de bon acier, pensa-t-elle, et ne lui faudra pas[44] au besoin. Et ce haubert est fort, léger, bien digne d'être porté par un preux. » Elle prit l'épée par la poignée : « Certes, c'est là une belle épée, et qui convient à un hardi baron. »

175 Elle tire du riche fourreau, pour l'essuyer, la lame sanglante. Mais elle voit qu'elle est largement ébréchée. Elle remarque la forme de l'entaille : ne serait-ce point la lame qui s'est brisée dans la tête du Morholt ? Elle hésite, regarde encore, veut s'assurer de son doute. Elle court à la

180 chambre où elle gardait le fragment d'acier retiré naguère

---

42. Oignit son corps d'un baume : enduisit son corps de pommade.
43. Parer : mettre en état afin de pouvoir s'en servir.
44. Ne lui faudra pas : ne lui fera pas défaut.

Tristan tue le dragon. Paris, B.N.F.

du crâne du Morholt. Elle joint le fragment à la brèche ; à peine voyait-on la trace de la brisure.

Alors elle se précipita vers Tristan, et, faisant tournoyer sur la tête du blessé la grande épée, elle cria :

185 « Tu es Tristan de Loonnois, le meurtrier du Morholt, mon cher oncle. Meurs donc à ton tour ! »

Tristan fit effort pour arrêter son bras ; vainement ; son corps était perclus[45], mais son esprit restait agile. Il parla donc avec adresse :

---

45. Perclus : il ne pouvait pas bouger.

41

190 « Soit, je mourrai ; mais, pour t'épargner les longs repen-
tirs, écoute. Fille de roi, sache que tu n'as pas seulement
le pouvoir, mais le droit de me tuer. Oui, tu as droit sur
ma vie, puisque deux fois tu me l'as conservée et rendue.
Une première fois, naguère : j'étais le jongleur blessé que
195 tu as sauvé quand tu as chassé de son corps le venin dont
l'épieu du Morholt l'avait empoisonné. Ne rougis pas,
jeune fille, d'avoir guéri ces blessures : ne les avais-je pas
reçues en loyal combat ? ai-je tué le Morholt en trahison ? ne m'avait-il pas défié ? ne devais-je pas défendre
200 mon corps ? Pour la seconde fois, en m'allant chercher au
marécage, tu m'as sauvé. Ah ! c'est pour toi, jeune fille,
que j'ai combattu le dragon… Mais laissons ces choses : je
voulais te prouver seulement que, m'ayant par deux fois
délivré du péril de la mort, tu as droit sur ma vie. Tue-moi
205 donc, si tu penses y gagner louange et gloire. Sans doute,
quand tu seras couchée entre les bras du preux sénéchal,
il te sera doux de songer à ton hôte blessé, qui avait risqué
sa vie pour te conquérir et t'avait conquise, et que tu auras
tué sans défense dans ce bain. »

210 Iseut s'écria :

« J'entends merveilleuses[46] paroles. Pourquoi le meurtrier du Morholt a-t-il voulu me conquérir ? Ah ! sans
doute, comme le Morholt avait jadis tenté de ravir[47] sur
sa nef les jeunes filles de Cornouailles, à ton tour, par
215 belles représailles[48], tu as fait cette vantance[49] d'empor-

---

46. Merveilleuses : étonnantes.
47. Ravir : enlever.
48. Par belles représailles : par vengeance.
49. Vantances : vantardises (tu t'es vanté de …).

42

ter comme ta serve[50] celle que le Morholt chérissait entre les jeunes filles...

– Non, fille de roi, dit Tristan. Mais un jour deux hirondelles ont volé jusqu'à Tintagel pour y porter l'un de tes
220 cheveux d'or. J'ai cru qu'elles venaient m'annoncer paix et amour. C'est pourquoi je suis venu te quérir par delà la mer. C'est pourquoi j'ai affronté le monstre et son venin. Vois ce cheveu cousu parmi les fils d'or de mon bliaut[51] ; la couleur des fils d'or a passé : l'or du cheveu ne s'est pas terni. »
225 Iseut regarda la grande épée et prit en mains le bliaut de Tristan. Elle y vit le cheveu d'or et se tut longuement ; puis elle baisa son hôte sur les lèvres en signe de paix et le revêtit de riches habits.

Le roi d'Irlande reconnaît Tristan comme le vainqueur du dragon et lui donne la main de sa fille en récompense. Mais Tristan l'accepte non pour lui, mais pour le roi Marc. Iseut accepte malgré son amère déception.

Ainsi, pour l'amour du roi Marc, par la ruse et par la
230 force, Tristan accomplit la quête de la Reine aux cheveux d'or.

Chapitre 3

---

50. **Serve :** esclave.
51. **Bliaut :** robe de dessus, souvent faite de riches étoffes et portée par les femmes comme par les hommes.

CARNET DE LECTURE

QUESTIONS SUR LE TEXTE 2

AI-JE BIEN LU ?

1 a. Pourquoi les barons poussent-ils le roi Marc à se marier ?
Pour que Tristan ne soit pas son héritier, car il sont jaloux
b. Pourquoi refuse-t-il ?
Car il ne veut pas trahir Tristan, car il est reconnaissant en[...]
c. Quelle ruse utilise-t-il pour éviter le mariage ? *Tristan*
Il dit qu'il faudra trouver la fille à qui appartiennent les
2 a. Quelle mission Tristan se donne-t-il auprès du roi ? *cheveux d'or*
Il va trouver cette fille (Iseut la Blonde)
b. Quel monstre combat-il une fois arrivé en Irlande ?

3 a. Quelle récompense le roi d'Irlande promet-il à qui vaincra le monstre ?

b. Qui en est le vainqueur ? Qui prétend l'être ?
Tristan et Aguynerran le faux, prétend l'être
4 Dans quelles circonstances Iseut découvre-t-elle l'identité de Tristan ? *Quand elle le lave*

5 Tristan réussit-il à apaiser la colère de la jeune fille ?
Oui

J'ANALYSE LE TEXTE

Le parcours de Tristan

....

— **Un adversaire redoutable : le dragon**

> Les légendes celtiques font largement appel au **merveilleux** (magie, prodiges, êtres extraordinaires...).

6 a. Relevez les termes qui montrent que le dragon est une créature redoutable (l. 47-54 et l. 83-87).
b. Quelles nuisances commet-il (l. 55-59) ?
c. Quel est le pouvoir de sa langue ?

7 Qui a déjà tenté de vaincre le monstre ? Citez le texte.

— **Le combat**

> Un **champ lexical** est un ensemble de termes qui se rapportent à un même thème.
> Ex : champ lexical de la nuit : noire, lune, obscur, étoiles...

44

8 Montrez que le combat est d'une grande brutalité en relevant les verbes d'action et le champ lexical de la violence (l. 88-104).

9 Alors que le récit est au passé, quel est le temps utilisé pour le récit du combat ? Quel est l'effet produit ?

10 a. Comment la reine d'Irlande est-elle certaine que Tristan est le véritable vainqueur du dragon (l. 142-150) ?

b. Comment Tristan devra-t-il prouver son bon droit (l. 149-150) ?

Le parcours d'Iseut : la seconde rencontre avec Tristan

11 a. Quels sentiments Iseut éprouve-t-elle pour Tristan avant d'apprendre son identité (l. 158-174) ?

b. Quelles qualités lui reconnaît-elle ?

c. Pour quelle raison Iseut souhaite-t-elle ensuite la mort de Tristan ?

12 a. Reformulez les trois arguments avec lesquels Tristan plaide sa cause (l. 196-200 ; l. 201-202 ; l. 205-209).

b. Quel dernier argument réussit à convaincre Iseut (l. 218-224) ? Quel geste le prouve ?

c. Montrez que ce dernier argument peut être source de malentendu pour Iseut.

Je formule mes impressions

13 a. Tristan a été une première fois blessé et soigné par Iseut. Rappelez dans quelles circonstances.

b. Selon vous, ces deux blessures physiques sont-elles de bon augure pour le parcours amoureux des deux personnages ?

QUESTIONS SUR LE TEXTE 2

Grammaire : le présent de narration

> Dans un récit au passé, le narrateur peut utiliser le **présent de narration** pour mettre en valeur les moments forts de l'action.

14 a. Repérez l. 155-186 un passage au présent de narration.
b. Justifiez son emploi à ce moment de l'action.
15 Réécrivez ce passage en utilisant les temps du passé.

Vocabulaire : le mot « loyal »

16 « *Ne les avais-je pas reçues en loyal combat* » (l. 197-198).
a. L'adjectif « loyal » a pour radical le nom « loi /loy- ». Quel est son suffixe (élément placé après le radical) ?
b. Complétez avec des mots de la famille de « loyal ».
1. Attaquer un adversaire par derrière est ...
2. Les chevaliers jurèrent de se combattre ... avant le duel.
3. La ... est une valeur essentielle de la chevalerie.

Raconter un combat

17 Racontez le duel entre Tristan et Aguynguerran le Roux. Vous pouvez vous inspirer du combat de Tristan contre le dragon.

CONSIGNES D'ÉCRITURE :
– Utilisez le **présent de narration**.
– Désignez ainsi **les adversaires** : le félon, le preux...
– Utilisez le **lexique de la violence et des armes** : frapper du tranchant de l'épée, asséner, transpercer, voler en éclats, les hauberts se démaillent, les heaumes se cabossent...

CARNET DE LECTURE

« C'est votre mort que vous avez bue ! »

Le Philtre

Quand le temps approcha de remettre Iseut aux chevaliers de Cornouailles, sa mère cueillit des herbes, des fleurs et des racines, les mêla dans du vin, et brassa un breuvage puissant[1]. L'ayant achevé par science et magie, elle le versa dans un coutret[2] et dit secrètement à Brangien[3] :

« Fille, tu dois suivre Iseut au pays du roi Marc, et tu l'aimes d'amour fidèle. Prends donc ce coutret de vin et retiens mes paroles. Cache-le de telle sorte que nul œil ne le voie et que nulle lèvre ne s'en approche. Mais, quand viendront la nuit nuptiale[4] et l'instant où l'on quitte les époux, tu verseras ce vin herbé[5] dans une coupe et tu la présenteras, pour qu'ils la vident ensemble, au roi Marc et à la reine Iseut. Prends garde, ma fille, que seuls ils puissent goûter ce breuvage. Car telle est sa vertu : ceux qui en boiront ensemble s'aimeront de tous leurs sens et de toute leur pensée, à toujours, dans la vie et dans la mort. »

Brangien promit à la reine qu'elle ferait selon sa volonté.

---

1. Breuvage puissant : potion très efficace.
2. Coutret : flacon.
3. Brangien : jeune servante et compagne d'Iseut.
4. Nuit nuptiale : la nuit de noces.
5. Vin herbé : boisson à base de vin et d'herbes aromatiques ou médicinales.

20 La nef, tranchant les vagues profondes, emportait Iseut. Mais, plus elle s'éloignait de la terre d'Irlande, plus tristement la jeune fille se lamentait. Assise sous la tente où elle s'était renfermée avec Brangien, sa servante, elle pleurait au souvenir de son pays. Où ces étrangers l'entraînaient-

25 ils ? Vers qui ? Vers quelle destinée ? Quand Tristan s'approchait d'elle et voulait l'apaiser par de douces paroles, elle s'irritait, le repoussait, et la haine gonflait son cœur. Il était venu, lui le ravisseur[6], lui le meurtrier du Morholt ; il l'avait arrachée par ses ruses à sa mère et à son pays ; il

30 n'avait pas daigné la garder pour lui-même, et voici qu'il l'emportait, comme sa proie, sur les flots, vers la terre ennemie ! « Chétive[7] ! disait-elle, maudite soit la mer qui me porte ! Mieux aimerais-je mourir sur la terre où je suis née que vivre là-bas !... »

35 Un jour, les vents tombèrent, et les voiles pendaient dégonflées le long du mât. Tristan fit atterrir dans une île, et, lassés[8] de la mer, les cent chevaliers de Cornouailles et les mariniers descendirent au rivage. Seule Iseut était demeurée sur la nef, et une petite servante. Tristan vint

40 vers la reine et tâchait de calmer son cœur. Comme le soleil brûlait et qu'ils avaient soif, ils demandèrent à boire. L'enfant chercha quelque breuvage, tant qu'elle[9] découvrit le coutret confié à Brangien par la mère d'Iseut. « J'ai trouvé du vin ! » leur cria-t-elle. Non, ce n'était pas du vin :

---

6. Ravisseur : celui qui l'a enlevée de force.
7. Chétive : malheureuse.
8. Lassés : fatigués.
9. Tant qu'elle : jusqu'à ce qu'elle.

45 c'était la passion, c'était l'âpre[10] joie et l'angoisse sans fin, et la mort. L'enfant remplit un hanap[11] et le présenta à sa maîtresse. Elle but à longs traits[12], puis le tendit à Tristan, qui le vida.

À cet instant, Brangien entra et les vit qui se regardaient
50 en silence, comme égarés et comme ravis[13]. Elle vit devant eux le vase presque vide et le hanap. Elle prit le vase, courut à la poupe[14], le lança dans les vagues et gémit :

« Malheureuse ! maudit soit le jour où je suis née et maudit le jour où je suis montée sur cette nef ! Iseut, amie,
55 et vous, Tristan, c'est votre mort que vous avez bue ! »

De nouveau, la nef cinglait[15] vers Tintagel. Il semblait à Tristan qu'une ronce vivace[16], aux épines aiguës, aux fleurs odorantes, poussait ses racines dans le sang de son cœur et par de forts liens enlaçait au beau corps
60 d'Iseut son corps et toute sa pensée, et tout son désir. Il songeait : « Andret, Denoalen, Guenelon et Gondoïne[17], félons qui m'accusiez de convoiter la terre du roi Marc, ah ! je suis plus vil[18] encore, et ce n'est pas sa terre que je convoite ! Bel oncle, qui m'avez aimé orphelin avant
65 même de reconnaître le sang de votre sœur Blanchefleur, vous qui me pleuriez tendrement, tandis que vos bras me

---

10. **Âpre :** douloureuse.
11. **Hanap :** grande coupe.
12. **À longs traits :** à grandes gorgées.
13. **Ravis :** hors d'eux-mêmes, en extase.
14. **Poupe :** arrière du navire (s'oppose à la proue).
15. **Cinglait :** naviguait, voguait.
16. **Vivace :** résistante.
17. **Andret, Denoalen, Guenelon et Gondoïne :** les quatre barons jaloux de Tristan.
18. **Vil :** infâme, honteux.

portaient jusqu'à la barque sans rames ni voile, bel oncle,
que n'avez-vous, dès le premier jour, chassé l'enfant errant
venu pour vous trahir ? Ah ! qu'ai-je pensé ? Iseut est votre
70 femme, et moi votre vassal. Iseut est votre femme, et moi
votre fils. Iseut est votre femme, et ne peut pas m'aimer. »

Iseut l'aimait. Elle voulait le haïr, pourtant : ne l'avait-
il pas vilement[19] dédaignée ? Elle voulait le haïr, et ne
pouvait, irritée en son cœur de cette tendresse plus
75 douloureuse que la haine.

Brangien les observait avec angoisse, plus cruellement tourmentée encore, car seule elle savait quel mal
elle avait causé. Deux jours elle les épia, les vit repousser
toute nourriture, tout breuvage et tout réconfort, se cher-
80 cher comme des aveugles qui marchent à tâtons l'un vers
l'autre, malheureux quand ils languissaient[20] séparés,
plus malheureux encore quand, réunis, ils tremblaient
devant l'horreur du premier aveu.

Au troisième jour, comme Tristan venait vers la tente,
85 dressée sur le pont de la nef, où Iseut était assise, Iseut le
vit s'approcher et lui dit humblement :

« Entrez, seigneur.

– Reine ; dit Tristan, pourquoi m'avoir appelé seigneur ?
Ne suis-je pas votre homme lige[21], au contraire, et votre
90 vassal, pour vous révérer[22], vous servir et vous aimer
comme ma reine et ma dame[23] ? »

---

19. Vilement : honteusement.
20. Languissaient : dépérissaient, perdaient leurs forces.
21. Lige : d'une fidélité totale.
22. Révérer : respecter.
23. Ma dame : fait référence à l'amour courtois (le chevalier se met au service de sa dame).

*souffrance regret,
culpabilité*

Iseut répondit :

« Non, tu le sais, que tu es mon seigneur et mon maître !
Tu le sais, que ta force me domine et que je suis ta serve[24] !
Ah ! que n'ai-je avivé naguère les plaies du jongleur blessé !
Que n'ai-je laissé périr le tueur du monstre dans les herbes
du marécage ! Que n'ai-je asséné sur lui, quand il gisait
dans le bain, le coup de l'épée déjà brandie[25] ! Hélas ! je ne
savais pas alors ce que je sais aujourd'hui !

– Iseut, que savez-vous donc aujourd'hui ? Qu'est-ce
donc qui vous tourmente ?

– Ah ! tout ce que je sais me tourmente, et tout ce que je
vois. Ce ciel me tourmente, et cette mer, et mon corps, et
ma vie ! »

Elle posa son bras sur l'épaule de Tristan ; des larmes
éteignirent le rayon de ses yeux, ses lèvres tremblèrent.
Il répéta :

« Amie, qu'est-ce donc qui vous tourmente ? »

Elle répondit :

« L'amour de vous. »

Alors il posa ses lèvres sur les siennes.

Mais, comme pour la première fois tous deux goûtaient
une joie d'amour, Brangien, qui les épiait, poussa un cri,
et, les bras tendus, la face trempée de larmes, se jeta à
leurs pieds :

« Malheureux ! arrêtez-vous, et retournez, si vous le
pouvez encore ! Mais non, la voie est sans retour, déjà la
force de l'amour vous entraîne et jamais plus vous n'aurez

_____

24. **Serve** : esclave.
25. **Brandie** : prête à s'abattre.

de joie sans douleur. C'est le vin herbé qui vous possède,
120 le breuvage d'amour que votre mère, Iseut, m'avait confié.
Seul, le roi Marc devait le boire avec vous ; mais l'Ennemi[26]
s'est joué de nous trois, et c'est vous qui avez vidé le hanap.
Ami Tristan, Iseut amie, en châtiment de la male garde[27]
que j'ai faite, je vous abandonne mon corps, ma vie ; car,
125 par mon crime, dans la coupe maudite, vous avez bu
l'amour et la mort ! »

Les amants s'étreignirent[28] ; dans leurs beaux corps
frémissaient le désir et la vie. Tristan dit :

« Vienne donc la mort ! »

130 Et, quand le soir tomba, sur la nef qui bondissait plus
rapide vers la terre du roi Marc, liés à jamais, ils s'aban-
donnèrent à l'amour.

Chapitre 4

---

26. **L'Ennemi :** Satan, le diable.
27. **Male garde :** mauvaise garde.
28. **S'étreignirent :** se serrèrent dans les bras l'un de l'autre.

QUESTIONS SUR LE TEXTE 3

AI-JE BIEN LU ?

1 a. Pour qui Tristan a-t-il conquis Iseut ? Où l'emmène-t-il ?
Pour le roi Marc
b. Est-elle heureuse de la situation ?
A Cornouailles
Non car c'est Tristan qui l'emmène et il a tué son oncle

2 Qui est Brangien ? Quelle mission la mère d'Iseut lui a-t-elle
confiée ? Dans quel but ?
Jeune servante. De faire boire Iseut et Marc boire du vin, qui est un philtre pour qu'ils tombent amoureux

3 Quelle erreur commet la petite servante sur le bateau ?
Elle ne fait pas attention et Tristan et Iseut boivent le philtre

4 Quelles en sont les conséquences pour Tristan et Iseut ?
Ils tombent amoureux alors que Iseut doit épouser le Roi Marc

J'ANALYSE LE TEXTE

Le parcours de Tristan et Iseut

5 Dans quelles circonstances Tristan et Iseut boivent-ils le
philtre ?

> L'**anaphore** est une répétition de mots en début de vers ou de
> phrases.

6 a. Iseut évoque trois moments de sa relation avec Tristan.
Lesquels (l. 95-99) ?
b. Quel sentiment Iseut exprime-t-elle dans ces lignes ? Relevez
l'anaphore et identifiez le type de phrases.

7 Dans quel état Tristan et Iseut se trouvent-ils avant de
s'avouer leur amour ? Relevez un champ lexical (l. 78-83 ; l. 100-
108).

> La **métaphore** est une image exprimée sans outil de comparaison
> (ex : « comme »).

8 a. Relevez la métaphore de la ronce (l. 56-60). Quels termes
caractérisent la plante ?
b. Quelle image de l'amour le narrateur donne-t-il à travers cette
métaphore ?

QUESTIONS SUR LE TEXTE 3

9 **a.** Par quels gestes Tristan et Iseut expriment-ils leur amour après l'aveu (l. 111-115 et 127-128) ?
b. Quelles émotions éprouvent-ils ?

Le thème de l'amour

....

— **Un amour fatal**

10 La mer et le bateau sont-ils des espaces de liberté ou emprisonnent-ils les amants dans leur passion ? Justifiez votre réponse.

11 **a.** Relevez les expressions qui désignent le philtre. Quel est son pouvoir magique ?
b. Selon vous, le symbole du philtre est-il bien choisi pour exprimer le «coup de foudre» amoureux ?

12 L'erreur de la servante est-elle réparable ? Appuyez-vous sur les paroles de Brangien (l. 116-126).

— **La transgression des codes courtois**

> **Le chevalier courtois** se met **au service de sa dame**, comme un vassal au service de son seigneur. La dame, généralement mariée, se doit de rester pure et inaccessible ; le chevalier doit gagner son amour en accomplissant des épreuves.

13 **a.** L'amour de Tristan et d'Iseut est-il le fruit d'un coup de foudre ou l'aboutissement d'une longue conquête ?
b. Iseut «la dame» est-elle inaccessible ou prend-elle l'initiative de l'aveu ?
c. Comment Iseut appelle-t-elle Tristan (l. 87) ? Montrez qu'elle inverse les rapports : qui devient vassal de qui ?
d. Les jeunes gens attendent-ils longtemps avant de devenir amanto ?

14 Montrez que chacun des deux amants trahit le roi Marc.

Je formule mes impressions

15 **a.** « *Vous avez bu l'amour et la mort* » (l. 125-126) : rapprochez cette phrase de l'annonce faite par le narrateur au début du roman.
b. Selon vous, quel avenir se dessine pour les deux amants ? Vont-ils accepter leur destin ?

J'ÉTUDIE LA LANGUE

Orthographe : les homonymes

> Les **homonymes** sont des mots de sens différents mais qui se pro-noncent de la même façon et peuvent s'écrire différemment.

16 Complétez cette phrase avec un homonyme du mot « philtre ». Pour obtenir une eau pure, vous devez utiliser un …

17 Complétez avec les homonymes du mot « cour ».
a. Tristan se rend à la … du roi Marc. **b.** Le chevalier fait la …. à la dame. **c.** Le seigneur a organisé une chasse à … **d.** Au Moyen Âge, les hommes portent les cheveux longs ou ….

JE PARTICIPE À UN DÉBAT

L'innocence ou la culpabilité des amants

18 Tristan et Iseut vous paraissent-ils innocents ou coupables ? Qu'en pensez-vous personnellement ?

Ils paraissent innocent : ne savait pas que le vin était un philtre

> CONSEILS D'ÉCRITURE
> – Rédigez vos arguments, en les classant du plus faible au plus fort.
> – Essayez de trouver quelques arguments allant dans le sens opposé pour anticiper vos réponses.
> – Écoutez l'argumentation des autres, puis prenez la parole.

« Que Dieu protège les amants ! »

Le grand pin

Iseut a épousé le roi Marc, mais reste l'amante de Tristan. Les barons jaloux les épient et les dénoncent à Marc qui, sans être vraiment convaincu de leur culpabilité, finit par éloigner Tristan de la cour. Mais ce dernier continue à rencontrer Iseut en secret...

Derrière le château de Tintagel, un verger s'étendait, vaste et clos de fortes palissades. De beaux arbres y croissaient[1] sans nombre, chargés de fruits, d'oiseaux et de grappes odorantes. Au lieu le plus éloigné du château, tout
5 auprès des pieux de la palissade, un pin s'élevait, haut et droit, dont le tronc robuste soutenait une large ramure[2]. À son pied, une source vive[3] : l'eau s'épandait d'abord en une large nappe, claire et calme, enclose par un perron[4] de marbre ; puis, contenue entre deux rives resserrées,
10 elle courait par le verger et, pénétrant dans l'intérieur même du château, traversait les chambres des femmes. Or, chaque soir, Tristan, par le conseil de Brangien, taillait avec art des morceaux d'écorce et de menus branchages. Il franchissait les pieux aigus, et, venu sous le pin, jetait
15 les copeaux dans la fontaine. Légers comme l'écume, ils

1. **Croissaient :** poussaient.
2. **Ramure :** l'ensemble des branches.
3. **Vive :** qui coule vite.
4. **Perron :** bordure de pierre, margelle.

surnageaient et coulaient avec elle, et, dans les chambres des femmes, Iseut épiait leur venue. Aussitôt, les soirs où Brangien avait su écarter le roi Marc et les félons[5], elle s'en venait vers son ami.

20   Elle s'en vient, agile et craintive pourtant, guettant à chacun de ses pas si des félons se sont embusqués derrière les arbres. Mais, dès que Tristan l'a vue, les bras ouverts, il s'élance vers elle. Alors la nuit les protège et l'ombre amie du grand pin [ ]

La joie d'Iseut réveille les soupçons des barons jaloux : Tristan n'est pas parti. Avec l'aide du nain Frocin, ils tendent un piège aux amants : le nain conduit le roi Marc dans le verger sous le grand pin...

25   « Beau roi, il convient que vous montiez dans les branches de cet arbre. Portez là-haut votre arc et vos flèches : ils vous serviront peut-être. Et tenez-vous coi[6] : vous n'attendrez pas longuement.

    – Va-t'en, chien de l'Ennemi[7] ! » répondit Marc.

30   Et le nain s'en alla, emmenant le cheval.

    Il avait dit vrai : le roi n'attendit pas longuement. Cette nuit, la lune brillait, claire et belle. Caché dans la ramure, le roi vit son neveu bondir par-dessus les pieux aigus. Tristan vint sous l'arbre et jeta dans l'eau les copeaux et les

35 branchages. Mais, comme il s'était penché sur la fontaine

---

5. Félons : traîtres (ennemis de Tristan).
6. Coi : silencieux.
7. L'Ennemi : Satan, le diable.

en les jetant, il vit, réfléchie dans l'eau, l'image du roi. Ah !
s'il pouvait arrêter les copeaux qui fuient ! Mais non, ils
courent, rapides, par le verger. Là-bas, dans les chambres
des femmes, Iseut épie leur venue ; déjà, sans doute, elle
40 les voit, elle accourt. Que Dieu protège les amants !

Elle vient. Assis, immobile, Tristan la regarde, et, dans
l'arbre, il entend le crissement de la flèche, qui s'encoche
dans la corde de l'arc.

Elle vient, agile et prudente pourtant, comme elle avait
45 coutume. « Qu'est-ce donc ? pense-t-elle. Pourquoi Tristan n'accourt-il pas ce soir à ma rencontre ? Aurait-il vu
quelque ennemi ? »

Elle s'arrête, fouille du regard les fourrés noirs ; soudain,
à la clarté de la lune, elle aperçut à son tour l'ombre du roi
50 dans la fontaine. Elle montra bien la sagesse des femmes,
en ce qu'elle ne leva point les yeux vers les branches de
l'arbre : « Seigneur Dieu ! dit-elle tout bas, accordez-moi
seulement que je puisse parler la première ! »

Elle s'approche encore. Écoutez comme elle devance et
55 prévient son ami :

« Sire Tristan, qu'avez-vous osé ? M'attirer en tel lieu, à
telle heure ! Maintes fois déjà vous m'aviez mandée[8], pour
me supplier, disiez-vous. Et par quelle prière ? Qu'attendez-vous de moi ? Je suis venue enfin, car je n'ai pu l'ou-
60 blier, si je suis reine, je vous le dois. Me voici donc : que
voulez-vous ?

---

8. **Mandée :** demandé de venir.

– Reine, vous crier merci[9], afin que vous apaisiez le roi ! »
Elle tremble et pleure. Mais Tristan loue le Seigneur
Dieu, qui a montré le péril[10] à son amie.

65 « Oui, reine, je vous ai mandée souvent et toujours en
vain ; jamais, depuis que le roi m'a chassé, vous n'avez
daigné venir à mon appel. Mais prenez en pitié le chétif[11]
que voici ; le roi me hait, j'ignore pourquoi ; mais vous le
savez peut-être ; et qui donc pourrait charmer sa colère,
70 sinon vous seule, reine franche, courtoise[12] Iseut, en qui
son cœur se fie ?

– En vérité, sire Tristan, ignorez-vous encore qu'il nous
soupçonne tous les deux ? Et de quelle traîtrise ! faut-
il, par surcroît de honte, que ce soit moi qui vous l'ap-
75 prenne ? Mon seigneur croit que je vous aime d'amour
coupable. Dieu le sait pourtant, et, si je mens, qu'il
honnisse[13] mon corps ! jamais je n'ai donné mon amour
à nul homme, hormis à celui qui le premier m'a prise,
vierge, entre ses bras. Et vous voulez, Tristan, que j'im-
80 plore du roi votre pardon ? Mais s'il savait seulement que
je suis venue sous ce pin, demain il ferait jeter ma cendre
aux vents ! »

Tristan gémit :

« Bel oncle, on dit : « Nul n'est vilain[14], s'il ne fait vile-
85 nie[15]. » Mais en quel cœur a pu naître un tel soupçon ?

---

9. **Vous crier merci :** demander grâce.
10. **Péril :** grand danger.
11. **Chétif :** malheureux.
12. **Courtoise :** noble et digne dans son attitude comme dans ses sentiments.
13. **Honnisse :** méprise et couvre de honte.
14. **Vilain :** infâme (le contraire de courtois, noble).
15. **Vilenie :** infamie, acte honteux.

– Sire Tristan, que voulez-vous dire ? Non, le roi mon seigneur n'eût pas de lui-même imaginé telle vilenie. Mais les félons de cette terre lui ont fait accroire[16] ce mensonge, car il est facile de décevoir[17] les cœurs loyaux[18]. Ils s'ai-
90 ment, lui ont-ils dit, et les félons nous l'ont tourné à crime[19]. Oui, vous m'aimiez, Tristan ; pourquoi le nier ? ne suis-je pas la femme de votre oncle et ne vous avais-je pas deux fois sauvé de la mort ? Oui, je vous aimais en retour ; n'êtes-vous pas du lignage[20] du roi, et n'ai-je pas
95 ouï maintes fois ma mère répéter qu'une femme n'aime pas son seigneur tant qu'elle n'aime pas la parenté de son seigneur ? C'est pour l'amour du roi que je vous aimais, Tristan ; maintenant encore, s'il vous reçoit en grâce[21], j'en serai joyeuse. Mais mon corps tremble, j'ai grand'peur, je
100 pars, j'ai trop demeuré déjà. »

Dans la ramure, le roi eut pitié et sourit doucement.

Chapitre 6

---

16. **Accroire :** croire.
17. **Décevoir :** tromper.
18. **Loyaux :** justes, honnêtes.
19. **L'ont tourné à crime :** en ont fait un crime.
20. **Lignage :** de la famille.
21. **S'il vous reçoit en grâce :** si vous avez à nouveau la faveur, la confiance du roi.

Marc dans l'arbre, xvᵉ siècle, enluminure extraite du *Livre de Tristan*. Paris, B.N.F.

Le nain Frocin

Le roi Marc rappelle alors à la cour son neveu. Mais les amants sont imprudents... et les voilà pris au piège par le nain Frocin devant toute la cour.

« Tristan, dit le roi, nul démenti ne vaudrait désormais[22] ; vous mourrez demain. »

Il lui crie :

105 « Accordez-moi merci[23], seigneur ! Au nom du Dieu qui souffrit la Passion, seigneur, pitié pour nous !

– Seigneur, venge-toi ! répondent les félons.

– Bel oncle, ce n'est pas pour moi que je vous implore ; que m'importe de mourir ? Certes, n'était la crainte de vous

110 courroucer[24], je vendrais cher cet affront aux couards qui, sans votre sauvegarde[25], n'auraient pas osé toucher mon corps de leurs mains ; mais, par respect et pour l'amour de vous, je me livre à votre merci[26] ; faites de moi selon votre plaisir. Me voici, seigneur, mais pitié pour la reine ! »

115 Et Tristan s'incline et s'humilie à ses pieds.

« Pitié pour la reine, car s'il est un homme en ta maison assez hardi pour soutenir ce mensonge que je l'ai aimée d'amour coupable, il me trouvera debout devant lui en champ clos[27]. Sire, grâce pour elle, au nom du Seigneur

120 Dieu ! »

---

22. Nul démenti ne vaudrait désormais : inutile de nier maintenant.
23. Accordez-moi merci : épargnez-moi.
24. Courroucer : mettre en colère.
25. Sauvegarde : protection.
26. Je me livre à votre merci : je me soumets à votre volonté.
27. Champ clos : combat où deux adversaires s'affrontent sans témoins le plus souvent.

Mais les trois barons l'ont lié de cordes, lui et la reine. Ah ! s'il avait su qu'il ne serait pas admis à prouver son innocence en combat singulier[28], on l'eût démembré vif avant qu'il eût souffert d'être lié vilement[29].

125 Mais il se fiait en Dieu et savait qu'en champ clos nul n'oserait brandir une arme contre lui. Et, certes, il se fiait justement en Dieu. Quand il jurait qu'il n'avait jamais aimé la reine d'amour coupable, les félons riaient de l'insolente imposture[30]. Mais je vous appelle, seigneurs, vous
130 qui savez la vérité du philtre bu sur la mer et qui comprenez, disait-il mensonge ? Ce n'est pas le fait qui prouve le crime, mais le jugement. Les hommes voient le fait, mais Dieu voit les cœurs, et, seul, il est vrai juge. Il a donc institué que tout homme accusé pourrait soutenir son droit
135 par bataille, et lui-même[31] combat avec l'innocent. C'est pourquoi Tristan réclamait justice et bataille et se garda de manquer en rien[32] au roi Marc. Mais, s'il avait pu prévoir ce qui advint, il aurait tué les félons[33]. Ah ! Dieu ! Pourquoi ne les tua-t-il pas ?

Chapitre 7

---

28. **Combat singulier :** duel.
29. **Vilement :** honteusement.
30. **Imposture :** tromperie, mensonges.
31. **Et lui-même :** Dieu lui-même.
32. **Se garda de manquer en rien :** fit attention de n'offenser en rien.
33. **Félons :** traîtres.

QUESTIONS SUR LE TEXTE 4

AI-JE BIEN LU ?

1 Qui Iseut a-t-elle épousé ? Aime-t-elle toujours Tristan ?

2 a. Pourquoi Tristan est-il condamné à l'exil ? A-t-il obéi ?

b. Où et quand rencontre-t-il Iseut en secret ?

3 Qui dénonce les amants au roi Marc ?

4 a. Où le roi se cache-t-il ? Réussit-il à les surprendre ?

b. Accorde-t-il son pardon à Tristan ?

5 a. Tristan et Iseut échappent-ils au second piège de leurs ennemis ?

b. Quelle est alors la décision du roi Marc ?

J'ANALYSE LE TEXTE

Le cadre : le verger
....

> Le **verger**, au Moyen Âge, est le cadre privilégié du rendez-vous amoureux. C'est un lieu clos où l'on peut s'aimer en toute sécurité ; la nature y est complice des amoureux.

6 a. Où le verger est-il situé par rapport au château de Tintagel ?

b. Quels éléments contribuent à la beauté du lieu (l. 1-11) ?

7 En quoi apparaît-il comme un espace protégé ? L'est-il vraiment ?

Le parcours de Tristan et Iseut
....

— La rencontre dans le verger

8 a. Quel moyen les amants ont-ils imaginé pour communiquer en secret ?

b. Quel personnage leur apporte son aide ? De quelle façon ?

9 a. Comment Tristan puis Iseut découvrent-ils la présence du roi Marc dans le pin ? Citez le texte.

b. Quel bruit Tristan a-t-il entendu (l. 41-43) ? Quel danger les menace ?

10 De quelles qualités les deux amants font-ils preuve ?

— **Le système de défense des amants**

11 Quel est le véritable destinataire des paroles de Tristan et d'Iseut, dans le verger ?

12 a. Montrez que les amants savent jouer avec les mots. Par exemple, lorsqu'Iseut dit : «*Jamais je n'ai donné mon amour à nul homme, hormis à celui qui le premier m'a prise, vierge, entre ses bras* », dit-elle la vérité ?

b. Comment le roi Marc interprète-t-il ces paroles ? Quel sens ont-elles pour Iseut, Tristan, le lecteur ?

13 Par quels arguments Iseut réussit-elle à affirmer son amour à Tristan, sans se trahir auprès du roi (l. 86-100) ?

— **Les amants pris au piège**

14 Tristan, pris sur le fait, se sent-il coupable ? Pourquoi ?

15 a. Comment Tristan espère-t-il prouver son innocence et sauver la reine (l. 116-120) ?

b. En qui met-il sa confiance ? Qui est le «vrai juge» (l. 133) pour lui ?

Les interventions du narrateur

16 a. Relevez les interventions du narrateur (l. 40 ; l. 50-55 ; l. 125-139). À qui s'adresse-t-il?

b. Prend-il parti pour les amants ? Citez le texte.

17 Avec quelles remarques le narrateur anticipe-t-il sur l'avenir (l. 137-139) ? Quel est l'effet produit ?

Je formule mes impressions

18 Selon vous, Tristan pourra-t-il sauver la reine ?

QUESTIONS SUR LE TEXTE 4

J'ÉTUDIE LA LANGUE

Vocabulaire : l'histoire du mot « merci »

....

«Vous crier merci» (l. 62) ; «accordez-moi merci» (l. 105) ; «je me livre à votre merci» (l. 113).

> « merci » vient du latin *mercedem* qui signifie « salaire ». Le mot a pris ensuite le sens de « prix » (latin populaire), puis de «faveur» (gallo-romain) et « grâce » (ancien français). Au XIVᵉ siècle, il est devenu un terme de politesse.

19 Remplacez les expressions en gras par d'autres expressions qui en éclaireront le sens : **a.** Le chevalier vaincu en était réduit à **crier merci. b.** Les deux guerriers se sont affrontés dans un combat **sans merci. c. Je vous dis un grand merci. d.** Dans la tempête, la barque était **à la merci** des vents et des courants. **e. Dieu merci**, le roi Marc a épargné les amants.

POUR ALLER PLUS LOIN

Enquêter

....

20 « Il me trouvera debout devant lui en champ clos » (l. 118-119) : qu'appelle-t-on au Moyen Âge un combat ou duel judiciaire ?

J'ÉCRIS

Réécrire un épisode

....

21 Imaginez qu'Iseut n'a pas vu le reflet du roi Marc. Tristan arrive...

> CONSIGNES D'ÉCRITURE
> – Écrivez le dialogue entre les deux amants.
> – Imaginez la réaction du roi et la défense des amants.

« Les gens de Cornouailles appellent encore cette pierre le "Saut de Tristan" »

Le saut de la chapelle

Par la cité, dans la nuit noire, la nouvelle court : Tristan et la reine ont été saisis ; le roi veut les tuer. Riches bourgeois et petites gens, tous pleurent.

[...]

5   Le jour approche, la nuit s'en va. Avant le soleil levé, Marc chevauche hors de la ville, au lieu où il avait coutume de tenir ses plaids[1] et de juger. Il commande qu'on creuse une fosse en terre et qu'on y amasse des sarments[2] noueux et tranchants et des épines blanches et
10 noires, arrachées avec leurs racines.

À l'heure de prime[3], il fait crier un ban[4] par le pays pour convoquer aussitôt les hommes de Cornouailles. Ils s'assemblent à grand bruit ; nul qui ne pleure, hormis le nain de Tintagel[5]. Alors le roi leur parla ainsi :

15 « Seigneurs, j'ai fait dresser ce bûcher d'épines pour Tristan et pour la reine, car ils ont forfait[6]. »

Mais tous lui crièrent :

---

1. **Plaids :** procès.
2. **Sarments :** tiges de plantes.
3. **À l'heure de prime :** 6 heures du matin.
4. **Il fait crier un ban :** il fait une annonce.
5. **Nul qui ne pleure, hormis le nain de Tintagel :** tous pleurent, excepté le nain Frocin qui veut la mort des amants.
6. **Ils ont forfait :** ils ont commis un crime.

« Jugement, roi ! le jugement d'abord, l'escondit[7] et le plaid[8] ! Les tuer sans jugement, c'est honte et crime. Roi,
20 répit et merci pour eux [9]! »

Marc répondit en sa colère :

« Non, ni répit, ni merci, ni plaid, ni jugement ! Par ce Seigneur qui créa le monde, si nul m'ose encore requérir[10] de telle chose il brûlera le premier sur ce brasier ! »

25 Il ordonne qu'on allume le feu et qu'on aille quérir au château Tristan d'abord.

Les épines flambent, tous se taisent, le roi attend.

Les valets ont couru jusqu'à la chambre où les amants sont étroitement gardés. Ils entraînent Tristan par ses
30 mains liées de cordes. Par Dieu ! ce fut vilenie[11] de l'entraver ainsi ! Il pleure sous l'affront ; mais de quoi lui servent les larmes ? On l'emmène honteusement ; et la reine s'écrie, presque folle d'angoisse :

« Être tuée, ami, pour que vous soyez sauvé, ce serait
35 grande joie ! »

[...]

Or, écoutez comme le Seigneur Dieu est plein de pitié. Lui qui ne veut pas la mort du pécheur[12], il reçut en gré[13] les larmes et la clameur des pauvres gens qui le
40 suppliaient pour les amants torturés. Près de la route où

---

7. **Escondit :** amende honorable que fait un accusé devant le tribunal.
8. **Plaid :** la plaidoirie, discours défendant l'accusé.
9. **Merci pour eux :** qu'on leur accorde grâce. Les Cornouaillais sont reconnaissants à Tristan de les avoir délivrés du Morholt.
10. **Requérir :** demander.
11. **Vilenie :** mauvaise action.
12. **Pécheur :** celui qui commet des péchés (actions condamnées par la religion).
13. **En gré :** favorablement.

Tristan passait, au faîte d'un roc[14] et tournée vers la bise, une chapelle se dressait sur la mer[15].

Le mur du chevet[16] était posé au ras d'une falaise, haute, pierreuse, aux escarpements aigus ; dans l'abside[17], sur
45 le précipice, était une verrière, œuvre habile d'un saint. Tristan dit à ceux qui le menaient :

« Seigneurs, voyez cette chapelle ; permettez que j'y entre. Ma mort est prochaine, je prierai Dieu qu'il ait merci de moi, qui l'ai tant offensé. Seigneurs, la chapelle
50 n'a d'autre issue que celle-ci ; chacun de vous tient son épée ; vous savez bien que je ne puis passer que par cette porte, et quand j'aurai prié Dieu, il faudra bien que je me remette entre vos mains ! »

L'un des gardes dit :
55 « Nous pouvons bien le lui permettre. »

Ils le laissèrent entrer. Il court par la chapelle, franchit le chœur[18], parvient à la verrière de l'abside, saisit la fenêtre, l'ouvre et s'élance... Plutôt cette chute que la mort sur le bûcher, devant telle assemblée !
60 Mais sachez, seigneurs, que Dieu lui fit belle merci : le vent se prend en ses vêtements, le soulève, le dépose sur une large pierre au pied du rocher. Les gens de Cornouailles appellent encore cette pierre le « Saut de Tristan ».

Et devant l'église les autres l'attendaient toujours. Mais
65 pour néant[19], car c'est Dieu maintenant qui l'a pris en

---

14. **Au faîte d'un roc :** au sommet d'une falaise.
15. **Se dressait sur la mer :** se dressait face à la mer.
16. **Chevet :** fond de l'église.
17. **Abside :** chevet construit en demi-cercle.
18. **Chœur :** partie de l'église située devant l'autel, où se tiennent les chanteurs et les prêtres.
19. **Pour néant :** pour rien.

sa garde. Il fuit : le sable meuble[20] croule sous ses pas. Il tombe, se retourne, voit au loin le bûcher : la flamme bruit, la fumée monte. Il fuit. [...]

Gorvenal, l'écuyer de Tristan, réussit à le rejoindre et lui donne son épée. Tristan se cache pour tenter de délivrer la reine.

70 Or, quand Tristan s'était précipité de la falaise, un pauvre homme de la gent menue[21] l'avait vu se relever et fuir. Il avait couru vers Tintagel et s'était glissé jusqu'en la chambre d'Iseut :

« Reine, ne pleurez plus. Votre ami s'est échappé !

– Dieu, dit-elle, en soit remercié ! Maintenant, qu'ils me 75 lient ou me délient, qu'ils m'épargnent ou qu'ils me tuent, je n'en ai plus souci ! »

Or, les félons avaient si cruellement serré les cordes de ses poignets que le sang jaillissait. Mais, souriante, elle dit :

80 « Si je pleurais pour cette souffrance, alors qu'en sa bonté Dieu vient d'arracher mon ami à ces félons, certes, je ne vaudrais guère[22] ! »

Quand la nouvelle parvint au roi que Tristan s'était échappé par la verrière, il blêmit de courroux[23] et 85 commanda à ses hommes de lui amener Iseut.

On l'entraîne ; hors de la salle, sur le seuil, elle apparaît ; elle tend ses mains délicates, d'où le sang coule. Une

---

20. **Meuble :** mou.
21. **Gent menue :** petit peuple.
22. **Je ne vaudrais guère :** je ne serais guère courageuse.
23. **Il blêmit de courroux :** il pâlit de colère.

clameur monte par la rue : « Ô Dieu, pitié pour elle ! Reine franche, reine honorée, quel deuil[24] ont jeté sur cette terre ceux qui vous ont livrée ! Malédiction sur eux ! »

La reine est traînée jusqu'au bûcher d'épines, qui flambe. Alors, Dinas, seigneur de Lidan[25], se laissa choir[26] aux pieds du roi :

« Sire, écoute-moi : je t'ai servi longuement, sans vilenie, en loyauté, sans en retirer nul profit : car il n'est pas un pauvre homme, ni un orphelin, ni une vieille femme, qui me donnerait un denier de ta sénéchaussée[27], que j'ai tenue toute ma vie. En récompense, accorde-moi que tu recevras la reine à merci[28]. Tu veux la brûler sans jugement : c'est forfaire[29], puisqu'elle ne reconnaît pas le crime dont tu l'accuses. Songes-y, d'ailleurs. Si tu brûles son corps, il n'y aura plus de sûreté sur ta terre : Tristan s'est échappé ; il connaît bien les plaines, les bois, les gués, les passages, et il est hardi. Certes, tu es son oncle, et il ne s'attaquera pas à toi ; mais tous les barons, tes vassaux, qu'il pourra surprendre, il les tuera. »

Et les quatre félons pâlissent à l'entendre : déjà ils voient Tristan embusqué, qui les guette.

« Roi, dit le sénéchal, s'il est vrai que je t'ai bien servi toute ma vie, livre-moi Iseut ; je répondrai d'elle[30] comme son garde et son garant. »

---

24. **Deuil :** douleur.
25. **Dinas, seigneur de Lidan :** sénéchal de Marc, officier et conseiller de la cour. Il est aussi le compagnon de Tristan.
26. **Choir :** tomber.
27. **Sénéchaussée :** territoire où s'étend la juridiction du sénéchal qui tient le rôle de juge.
28. **Tu recevras la reine à merci :** tu auras pitié de la reine.
29. **Forfaire :** commettre une injustice.
30. **Je répondrai d'elle :** je m'engagerai en sa faveur, je la prendrai sous ma responsabilité.

Mais le roi prit Dinas par la main et jura par le nom des saints qu'il ferait immédiate justice.

Alors Dinas se releva :

115 « Roi, je m'en retourne à Lidan et je renonce à votre service. »

Iseut sourit tristement. Il monte sur son destrier et s'éloigne, marri[31] et morne, le front baissé.

Iseut se tient debout devant la flamme. La foule, à l'en-120 tour, crie, maudit le roi, maudit les traîtres. Les larmes coulent le long de sa face. Elle est vêtue d'un étroit bliaut[32] gris, où court un filet d'or menu ; un fil d'or est tressé dans ses cheveux, qui tombent jusqu'à ses pieds. Qui pourrait la voir si belle sans la prendre en pitié aurait un cœur de 125 félon. Dieu ! comme ses bras sont étroitement liés !

Or, cent lépreux, déformés, la chair rongée et toute blanchâtre, accourus sur leurs béquilles au claquement des crécelles[33], se pressaient devant le bûcher, et, sous leurs paupières enflées, leurs yeux sanglants jouissaient 130 du spectacle.

Yvain, le plus hideux des malades, cria au roi d'une voix aiguë ;

« Sire, tu veux jeter ta femme en ce brasier, c'est bonne justice, mais trop brève. Ce grand feu l'aura vite brûlée, 135 ce grand vent aura vite dispersé sa cendre. Et, quand cette flamme tombera tout à l'heure, sa peine sera finie. Veux-tu que je t'enseigne pire châtiment, en sorte qu'elle vive,

---

31. Marri : déçu, fâché.
32. Bliaut : robe.
33. Crécelles : moulinets de bois qu'agitaient bruyamment les lépreux pour avertir les gens de leur passage, car la lèpre était une maladie très contagieuse.

mais à grand déshonneur, et toujours souhaitant la mort ?
Roi, le veux-tu ? »

140 Le roi répondit :

« Oui, la vie pour elle, mais à grand déshonneur et pire
que la mort... Qui m'enseignera un tel supplice, je l'en
aimerai mieux.

– Sire, je te dirai donc brièvement ma pensée. Vois, j'ai
145 là cent compagnons. Donne-nous Iseut, et qu'elle nous
soit commune ! Le mal attise nos désirs. Donne-la à tes
lépreux, jamais dame n'aura fait pire fin. Vois, nos haillons sont collés à nos plaies, qui suintent. Elle qui, près
de toi, se plaisait aux riches étoffes fourrées de vair[34], aux
150 joyaux, aux salles parées de marbre, elle qui jouissait des
bons vins, de l'honneur, de la joie, quand elle verra la cour
de tes lépreux, quand il lui faudra entrer sous nos taudis
bas et coucher avec nous, alors Iseut la Belle, la Blonde,
reconnaîtra son péché et regrettera ce beau feu d'épines ! »

155 Le roi l'entend, se lève, et longuement reste immobile.
Enfin, il court vers la reine et la saisit par la main. Elle crie :

« Par pitié, sire, brûlez-moi plutôt, brûlez-moi ! »

Le roi la livre. Yvain la prend et les cent malades se
pressent autour d'elle. À les entendre crier et glapir[35],
160 tous les cœurs se fondent de pitié ; mais Yvain est joyeux ;
Iseut s'en va, Yvain l'emmène. Hors de la cité descend le
hideux cortège.

Ils ont pris la route où Tristan est embusqué. Gorvenal
jette un cri :

---

34. Vair : fourrure grise ou blanche.
35. Glapir : pousser des cris aigus.

165 « Fils, que feras-tu ? Voici ton amie ! »

Tristan pousse son cheval hors du fourré :

« Yvain, tu lui as assez longtemps fait compagnie ; laisse-la maintenant, si tu veux vivre ! »

Mais Yvain dégrafe son manteau.

170 « Hardi, compagnons ! À vos bâtons ! À vos béquilles ! C'est l'instant de montrer sa prouesse ! »

Alors, il fit beau voir les lépreux rejeter leurs chapes[36], se camper sur leurs pieds malades, souffler, crier, brandir leurs béquilles : l'un menace et l'autre grogne.

175 Mais il répugnait à Tristan de les frapper ; les conteurs prétendent que Tristan tua Yvain : c'est dire vilenie ; non, il était trop preux pour occire telle engeance[37]. Mais Gorvenal, ayant arraché une forte pousse de chêne, l'assena sur le crâne d'Yvain ; le sang noir jaillit et coula

180 jusqu'à ses pieds difformes.

Tristan reprit la reine : désormais, elle ne sent plus nul mal. Il trancha les cordes de ses bras, et, quittant la plaine, ils s'enfoncèrent dans la forêt du Morois. Là, dans les grands bois, Tristan se sent en sûreté comme derrière

185 la muraille d'un fort château.

Quand le soleil pencha[38], ils s'arrêtèrent au pied d'un mont ; la peur avait lassé la reine ; elle reposa sa tête sur le corps de Tristan et s'endormit.

Au matin, Gorvenal déroba à un forestier son arc et

190 deux flèches bien empennées[39] et barbelées et les donna

---

36. **Chapes :** manteaux.
37. **Occire telle engeance :** tuer ces misérables.
38. **Pencha :** se coucha.
39. **Empennées :** munies de plumes.

à Tristan, le bon archer, qui surprit un chevreuil et le tua. Gorvenal fit un amas de branches sèches, battit le fusil[40], fit jaillir l'étincelle et alluma un grand feu pour cuire la venaison[41] ; Tristan coupa des branchages, construisit une hutte et la recouvrit de feuillée ; Iseut la joncha d'herbes épaisses.

Alors, au fond de la forêt sauvage, commença pour les fugitifs l'âpre vie, aimée pourtant.

Chapitre 8

Marc et Iseut, xivᵉ siècle, enluminure extraite de *Tristan et Iseut*. Paris, B.N.F.

40. Fusil : morceau de métal qu'on frotte contre le silex pour faire jaillir une étincelle (sorte de briquet).
41. Venaison : le gibier.

AI-JE BIEN LU ?

1 **a.** Pourquoi Marc veut-il châtier Tristan et Iseut ?
b. Quelle punition leur réserve-t-il ?
2 Quel stratagème Tristan utilise-t-il pour échapper au sort qui l'attend ?
3 **a.** Pourquoi Marc change-t-il le châtiment d'Iseut ?
b. À quel sort la condamne-t-il ?
4 Comment Tristan réussit-il à sauver Iseut ?
5 Dans quel lieu les deux amants vont-ils se cacher ?

J'ANALYSE LE TEXTE

Le parcours de Tristan et d'Iseut

......

— **Le couple face au danger**
6 Quelle est la réaction d'Iseut...
a. lorsqu'elle voit que Tristan est entraîné « par ses mains liées de cordes » (l. 29-35) ?
b. lorsqu'elle apprend que Tristan s'est échappé (l. 73-82) ?
7 De quelles qualités Tristan fait-il preuve dans cet épisode ?

— **Les adjuvants et les opposants**

> Dans un récit, les **adjuvants** sont ceux qui apportent leur aide au héros, les **opposants** sont ceux qui cherchent à lui nuire.

8 Dites si les personnages suivants sont des adjuvants ou des opposants pour Tristan et Iseut : Gorvenal, Yvain le lépreux, Dinas de Lidan, les quatre barons. De quelle façon interviennent-ils ?
9 Dieu prend-il la défense des amants ? Quand et comment ?

L'argumentation de Dinas

......

10 **a.** Quels arguments Dinas utilise-t-il dans les l. 94-106 ?
b. A-t-il convaincu le roi ? Quelle décision prend-il ?

CARNET DE LECTURE

Les lépreux

....

> La **lèpre**, pour les gens du Moyen Âge, n'est pas seulement une maladie : elle frappe les pécheurs.

11 Relevez les détails crus et repoussants dans la description des lépreux. Appuyez-vous sur un champ lexical. Quel effet ces détails produisent-ils sur vous ?

12 Par quel argument le lépreux Yvain convainc-t-il Marc de lui livrer Iseut ?

13 **a.** Quelles sont les armes des lépreux ? Comment jugez-vous la scène de combat (l. 172-174) ?

b. Pourquoi Tristan n'attaque-il pas le lépreux Yvain (l. 175-180) ? Qui le fait à sa place ?

Je formule mes impressions

....

14 Le narrateur a-t-il réussi à vous rendre Iseut à la fois belle et touchante ? Par quels détails ?

15 Comment jugez-vous la conduite du roi Marc dans cet épisode ?

J'ÉTUDIE LA LANGUE

Le vocabulaire du Moyen Âge : l'histoire du mot « choir »

....

> • « Choir », issu du latin *cadere*, signifie *tomber*. La plupart des dérivés de « choir » apparaissent aujourd'hui sous des formes en **–chéan-** ou **–chan-** ou **–chu-**.
> • « Méchant » est le participe de l'ancien verbe « mescheoir » (*arriver malheur*). En ancien français, « méchant » signifie littéralement : *qui tombe mal*, d'où découle *qui n'a pas de chance, misérable*.

QUESTIONS SUR LE TEXTE 5

16 Complétez avec des mots de la famille de « choir » :
a. Il a fait une ... dans l'escalier.
b. Un contrat qui est à son terme arrive à .... .
c. Être privé de ses droits, c'est en être .... .
d. Quelqu'un qui fait le mal est .... .
e. Je croyais être guéri de la grippe, mais voilà que j'ai fait une.... .

Orthographe

17 **a.** « Songes-y, d'ailleurs » : identifiez le mode et le temps du verbe « songer ». Pourquoi la forme verbale prend-elle ici un « s » ?
b. « Et les quatre félons pâlissent » (l. 107) : pourquoi le déterminant « quatre » ne prend-il pas de « s » ?

POUR ALLER PLUS LOIN

Enquêter sur la lèpre

18 Faites une recherche sur la lèpre au Moyen-Âge.
a. Comment cette maladie se manifestait-elle ?
b. Comment les lépreux étaient-ils traités ?
Présentez une synthèse écrite de votre recherche (une à deux pages).

« Jamais amants ne s'aimèrent tant »

La forêt du Morois

Au fond de la forêt sauvage, à grand ahan[1], comme des bêtes traquées[2], ils errent, et rarement osent revenir le soir au gîte[3] de la veille. Ils ne mangent que la chair des fauves et regrettent le goût de sel. Leurs visages amaigris se font blêmes[4], leurs vêtements tombent en haillons,
5 déchirés par les ronces. Ils s'aiment, ils ne souffrent pas.

Un jour, comme ils parcouraient ces grands bois qui n'avaient jamais été abattus, ils arrivèrent par aventure à l'ermitage[5] du Frère Ogrin.

Au soleil, sous un bois léger d'érables, auprès de sa
10 chapelle, le vieil homme, appuyé sur sa béquille, allait à pas menus.

« Sire Tristan, s'écria-t-il, sachez quel grand serment ont juré les hommes de Cornouailles. Le roi a fait crier un ban[6] par toutes les paroisses. Qui se saisira de vous recevra
15 cent marcs d'or pour son salaire, et tous les barons ont juré de vous livrer mort ou vif. Repentez-vous, Tristan ! Dieu pardonne au pécheur qui vient à repentance.

– Me repentir, sire Ogrin ? De quel crime ? Vous qui nous jugez, savez-vous quel boire nous avons bu sur la mer ?

---

1. À grand ahan : avec peine et grande souffrance.
2. Traquées : pourchassées.
3. Gîte : endroit où l'on couche, réside, temporairement ou habituellement.
4. Blêmes : très pâles, livides.
5. Ermitage : lieu retiré où vit un ermite.
6. Le roi a fait crier un ban : le roi a fait une annonce.

20 Oui, la bonne liqueur nous enivre, et j'aimerais mieux mendier toute ma vie par les routes et vivre d'herbes et de racines avec Iseut, que sans elle être roi d'un beau royaume.

– Sire Tristan, Dieu vous soit en aide, car vous avez 25 perdu ce monde-ci et l'autre[7]. Le traître à son seigneur, on doit le faire écarteler par deux chevaux, le brûler sur un bûcher, et là où sa cendre tombe, il ne croît[8] plus d'herbe et le labour reste inutile ; les arbres, la verdure y dépérissent. Tristan, rendez la reine à celui qu'elle a épousé 30 selon la loi de Rome !

– Elle n'est plus à lui ; il l'a donnée à ses lépreux ; c'est sur les lépreux que je l'ai conquise. Désormais, elle est mienne ; je ne puis me séparer d'elle, ni elle de moi. »

Ogrin s'était assis ; à ses pieds, Iseut pleurait, la tête sur 35 les genoux de l'homme qui souffre pour Dieu. L'ermite lui redisait les saintes paroles du Livre[9]; mais, toute pleurante, elle secouait la tête et refusait de le croire.

« Hélas ! dit Ogrin, quel réconfort peut-on donner à des morts ? Repens-toi, Tristan, car celui qui vit dans le péché 40 sans repentir est un mort.

– Non, je vis et ne me repens pas. Nous retournons à la forêt, qui nous protège et nous garde. Viens, Iseut, amie ! »

Iseut se releva ; ils se prirent par les mains. Ils entrèrent dans les hautes herbes et les bruyères ; les arbres refer-45 mèrent sur eux leurs branchages ; ils disparurent derrière les frondaisons[10].

---

7. Ce monde-ci et l'autre : la Terre (le monde des vivants) et le Ciel (le monde des morts).
8. Croît : pousse.
9. Du Livre : de la Bible.
10. Frondaisons : feuillages.

Écoutez, seigneurs, une belle aventure. Tristan avait nourri un chien, un brachet[11], beau, vif, léger à la course : ni comte, ni roi n'a son pareil pour la chasse à l'arc. On
50 l'appelait Husdent. Il avait fallu l'enfermer dans le donjon, entravé par un billot[12] suspendu à son cou ; depuis le jour où il avait cessé de voir son maître, il refusait toute pitance[13], grattant la terre du pied, pleurait des yeux, hurlait. Plusieurs en eurent compassion[14].

55 « Husdent, disaient-ils, nulle bête n'a su si bien aimer que toi ; oui, Salomon[15] a dit sagement : « Mon ami vrai, c'est mon lévrier.»

Et le roi Marc, se rappelant les jours passés, songeait en son cœur : « Ce chien montre grand sens[16] à pleu-
60 rer ainsi son seigneur : car y a-t-il personne par toute la Cornouailles qui vaille Tristan ? »

Trois barons vinrent au roi :

« Sire, faites délier[17] Husdent : nous saurons bien s'il mène tel deuil[18] par regret de son maître ; si non, vous le
65 verrez, à peine détaché, la gueule ouverte, la langue au vent, poursuivre, pour les mordre, gens et bêtes. »

On le délie. Il bondit par la porte et court à la chambre où naguère il trouvait Tristan. Il gronde, gémit, cherche, découvre enfin la trace de son seigneur. Il parcourt pas à

---

11. Brachet : chien de chasse.
12. Billot : morceau de bois qui l'empêche de s'échapper.
13. Pitance : nourriture.
14. Compassion : pitié.
15. Salomon : personnage de la Bible. Roi des Hébreux, fils de David et Bethsabée, célèbre pour sa sagesse.
16. Montre grand sens : a bien raison.
17. Délier : dégager de ses liens, détacher.
18. S'il mène tel deuil : s'il ressent une telle douleur.

70 pas la route que Tristan a suivie vers le bûcher. Chacun le suit. Il jappe clair et grimpe vers la falaise. Le voici dans la chapelle, et qui bondit sur l'autel[19] ; soudain il se jette par la verrière, tombe au pied du rocher, reprend la piste sur la grève, s'arrête un instant dans le bois fleuri où Tristan

75 s'était embusqué[20], puis repart vers la forêt. Nul ne le voit qui n'en ait pitié.

« Beau roi, dirent alors les chevaliers, cessons de le suivre ; il nous pourrait mener en tel lieu d'où le retour serait malaisé. »

80 Ils le laissèrent et s'en revinrent. Sous bois, le chien donna de la voix et la forêt en retentit. De loin, Tristan, la reine et Gorvenal l'ont entendu : « C'est Husdent ! » Ils s'effrayent : sans doute le roi les poursuit ; ainsi il les fait relancer comme des fauves par des limiers[21]!... Ils s'en-

85 foncent sous un fourré. À la lisière, Tristan se dresse, son arc bandé. Mais quand Husdent eut vu et reconnu son seigneur, il bondit jusqu'à lui, remua sa tête et sa queue, ploya l'échine, se roula en cercle. Qui vit jamais telle joie ? Puis il courut à Iseut la Blonde, à Gorvenal, et fit fête aussi

90 au cheval. Tristan en eut grande pitié :

« Hélas ! par quel malheur nous a-t-il retrouvés ? Que peut faire de ce chien, qui ne sait se tenir coi[22], un homme harcelé[23] ? Par les plaines et par les bois, par toute sa terre, le roi nous traque : Husdent nous trahira par ses aboie-

---

19. Autel : dans l'église, table où l'on célèbre la messe.
20. Embusqué : caché.
21. Il les fait... des limiers : il lance des chiens de chasse sur leurs traces.
22. Coi : silencieux.
23. Harcelé : poursuivi sans cesse.

95 ments. Ah ! c'est par amour et par noblesse de nature qu'il est venu chercher la mort. Il faut nous garder pourtant. Que faire ? Conseillez-moi. »

Iseut flatta[24] Husdent de la main et dit :

« Sire, épargnez-le ! J'ai ouï[25] parler d'un forestier
100 gallois qui avait habitué son chien à suivre, sans aboyer, la trace de sang des cerfs blessés. Ami Tristan, quelle joie si on réussissait, en y mettant sa peine, à dresser ainsi Husdent ! »

Il y songea un instant, tandis que le chien léchait les
105 mains d'Iseut. Tristan eut pitié et dit :

« Je veux essayer ; il m'est trop dur de le tuer. » [...]

Tristan réussit à dresser son chien à chasser sans aboyer.

L'été s'en va, l'hiver est venu. Les amants vécurent tapis[26] dans le creux d'un rocher : et sur le sol durci par la froidure, les glaçons hérissaient leur lit de feuilles mortes. Par
110 la puissance de leur amour, ni l'un ni l'autre ne sentit sa misère.

Mais quand revint le temps clair, ils dressèrent sous les grands arbres leur hutte de branches reverdies. Tristan savait d'enfance l'art de contrefaire[27] le chant des oiseaux
115 des bois ; à son gré, il imitait le loriot, la mésange, le rossignol et toute la gent ailée[28]; et, parfois, sur les branches de

---

24. **Flatta :** caressa.
25. **Ouï :** entendu.
26. **Tapis :** cachés.
27. **Contrefaire :** imiter.
28. **La gent ailée :** les oiseaux.

la hutte, venus à son appel, des oiseaux nombreux, le cou gonflé, chantaient leurs lais[29] dans la lumière.

120 Les amants ne fuyaient plus par la forêt, sans cesse errants ; car nul des barons ne se risquait à les poursuivre, connaissant que[30] Tristan les eût pendus aux branches des arbres. Un jour, pourtant, l'un des quatre traîtres, Guenelon, que Dieu maudisse ! entraîné par l'ardeur de la chasse, osa s'aventurer aux alentours du Morois. [...]

Governal l'aperçoit et l'abat. Dès lors, les amants ne sont plus inquiétés.

125 Seigneurs, c'était un jour d'été, au temps où l'on moissonne, un peu après la Pentecôte, et les oiseaux à la rosée chantaient l'aube prochaine. Tristan sortit de la hutte, ceignit[31] son épée, apprêta[32] l'arc Qui-ne-faut[33] et, seul, s'en fut chasser par le bois. Avant que descende le soir, 130 une grande peine lui adviendra. Non, jamais amants ne s'aimèrent tant et ne l'expièrent si durement.

Quand Tristan revint de la chasse, accablé par la lourde chaleur, il prit la reine entre ses bras.

« Ami, où avez-vous été ?

135 – Après un cerf qui m'a tout lassé[34]. Vois, la sueur coule de mes membres, je voudrais me coucher et dormir. »

---

29. **Lais** : chants.
30. **Connaissant que** : sachant que.
31. **Ceignit** : attacha son épée à la ceinture.
32. **Apprêta** : prépara.
33. **L'arc Qui-ne-faut** : arc infaillible inventé par Tristan, ainsi dénommé parce qu'il ne manque jamais sa cible.
34. **Lassé** : fatigué.

La Forêt de Morois, xvᵉ siècle, enluminure extraite du *Livre de Tristan*. Paris, B.N.F.

Sous la loge de verts rameaux[35], jonchée d'herbes fraîches, Iseut s'étendit la première ; Tristan se coucha près d'elle et déposa son épée nue entre leurs corps. Pour leur bonheur, ils avaient gardé leurs vêtements. La reine avait au doigt l'anneau d'or aux belles émeraudes que Marc lui avait donné au jour des épousailles ; ses doigts étaient devenus si grêles que la bague y tenait à peine. Ils dormaient ainsi, l'un des bras de Tristan passé sous le cou

140

---

35. **La loge de verts rameaux** : la hutte de branchages.

145 de son amie, l'autre jeté sur son beau corps, étroitement embrassés[36] ; leurs lèvres ne se touchaient point. Pas un souffle de brise, pas une feuille qui tremble. À travers le toit de feuillage, un rayon de soleil descendait sur le visage d'Iseut qui brillait comme un glaçon. [...]

Mais un forestier les surprend et les dénonce au roi Marc.

150 Le roi fit seller son cheval, ceignit son épée, et, sans nulle compagnie, s'échappa de la cité. Tout en chevauchant, seul, il se ressouvint de la nuit où il avait saisi son neveu : quelle tendresse avait alors montrée pour Tristan Iseut la Belle, au visage clair ! S'il les surprend, il 155 châtiera[37] ces grands péchés ; il se vengera de ceux qui l'ont honni[38]...

À la Croix Rouge, il trouva le forestier :

« Va devant ; mène-moi vite et droit. »

L'ombre noire des grands arbres les enveloppe. Le roi 160 suit l'espion. Il se fie à son épée, qui jadis a frappé de beaux coups. Ah ! si Tristan s'éveille, l'un des deux, Dieu sait lequel ! restera mort sur la place. Enfin le forestier dit tout bas :

« Roi, nous approchons. »

165 Il lui tint l'étrier et lia les rênes du cheval aux branches d'un pommier vert. Ils approchèrent encore, et soudain, dans une clairière ensoleillée, virent la hutte fleurie.

---

36. Embrassés : enlacés, dans les bras l'un de l'autre.
37. Châtiera : punira.
38. Honni : couvert de honte.

Le roi délace son manteau aux attaches d'or fin, le rejette, et son beau corps apparaît. Il tire son épée hors de
170 la gaine, et redit en son cœur qu'il veut mourir s'il ne les tue. Le forestier le suivait ; il lui fait signe de s'en retourner.

Il pénètre, seul, sous la hutte, l'épée nue, et la brandit... Ah ! quel deuil s'il assène ce coup ! Mais il remarqua que
175 leurs bouches ne se touchaient pas et qu'une épée nue séparait leurs corps :

« Dieu ! se dit-il, que vois-je ici ? Faut-il les tuer ? Depuis si longtemps qu'ils vivent en ce bois, s'ils s'aimaient de fol amour[39], auraient-ils placé cette épée entre eux ? Et
180 chacun ne sait-il pas qu'une lame nue, qui sépare deux corps, est garante et gardienne de chasteté[40] ? S'ils s'aimaient de fol amour, reposeraient-ils si purement ? Non, je ne les tuerai pas ; ce serait grand péché de les frapper ; et si j'éveillais ce dormeur et que l'un de nous deux fût tué,
185 on en parlerait longtemps, et pour notre honte. Mais je ferai qu'à leur réveil ils sachent que je les ai trouvés endormis, que je n'ai pas voulu leur mort, et que Dieu les a pris en pitié. »

Le soleil, traversant la hutte, brûlait la face blanche
190 d'Iseut. Le roi prit ses gants parés d'hermine : « C'est elle, songeait-il, qui, naguère[41], me les apporta d'Irlande !... » Il les plaça dans le feuillage pour fermer le trou par où le rayon descendait ; puis il retira doucement la bague aux

---

39. Fol amour : amour fou.
40. Chasteté : état de pureté, dépourvu de rapports physiques.
41. Naguère : mot-à-mot, « il n'y a guère de temps ».

pierres d'émeraude qu'il avait donnée à la reine ; naguère
195 il avait fallu forcer un peu pour la lui passer au doigt ;
maintenant ses doigts étaient si grêles que la bague vint
sans effort : à la place, le roi mit l'anneau dont Iseut, jadis,
lui avait fait présent. Puis il enleva l'épée qui séparait les
amants, celle-là même – il la reconnut – qui s'était ébré-
200 chée dans le crâne du Morholt, posa la sienne à la place,
sortit de la loge, sauta en selle, et dit au forestier :

« Fuis maintenant, et sauve ton corps, si tu peux ! »

Or, Iseut eut une vision dans son sommeil : elle était
sous une riche tente, au milieu d'un grand bois. Deux
205 lions s'élançaient sur elle et se battaient pour l'avoir... Elle
jeta un cri et s'éveilla : les gants parés d'hermine blanche
tombèrent sur son sein. Au cri, Tristan se dressa en pieds,
voulut ramasser son épée et reconnut, à sa garde[42] d'or,
celle du roi. Et la reine vit à son doigt l'anneau de Marc.
210 Elle s'écria :

« Sire, malheur à nous ! Le roi nous a surpris !

– Oui, dit Tristan, il a emporté mon épée ; il était seul,
il a pris peur, il est allé chercher du renfort ; il reviendra,
nous fera brûler devant tout le peuple. Fuyons !... »

215 Et, à grandes journées[43], accompagnés de Gorvenal, ils
s'enfuirent vers la terre de Galles, jusqu'aux confins de la
forêt du Morois. Que de tortures amour leur aura causées !

Chapitre 9

---

42. Garde : partie de l'épée, située entre la lame et la poignée, qui sert à protéger la main.
43. À grandes journées : en faisant de longues étapes.

AI-JE BIEN LU ?

1 Pourquoi Tristan et Iseut se sont-ils réfugiés dans la forêt ? Quelle vie mènent-ils ?

2 **a.** Qui est Husdent ? Pourquoi Tristan songe-t-il à s'en débarrasser ?

b. Quelle solution Iseut trouve-t-elle pour le garder ?

3 Comment le roi Marc retrouve-t-il les amants ? Les épargne-t-il ?

4 Pourquoi Tristan décide-t-il de fuir ?

J'ANALYSE LE TEXTE

Le parcours de Tristan et Iseut

━━ **La vie sauvage**

5 **a.** Relevez les expressions qui décrivent la forêt et sa végétation (l. 1-11 et l. 43-46).

b. Quel cadre de vie Tristan et Iseut s'aménagent-ils en fonction des saisons (l. 107-113, l. 137-138, l. 165-167) ?

6 **a.** Quelle transformation physique les deux amants ont-ils subie dans la forêt (l. 1-5) ?

b. À quoi sont-ils comparés (l. 1-3) ?

c. Pourquoi supportent-ils, malgré tout, cette vie ? Citez le texte.

━━ **La rencontre avec l'ermite Ogrin**

7 **a.** Quelle nouvelle grave l'ermite apprend-il aux amants ?

b. Quel conseil donne-t-il à Tristan (l. 24-40) ?

c. Quels arguments Tristan utilise-t-il en guise de réponse ?

━━ **Le chien Husdent**

La littérature médiévale est peuplée d'animaux attachés à leur maître (lion d'Yvain, cheval de Gauvain…).

QUESTIONS SUR LE TEXTE 6

8 **a.** Dans quel état Husdent se trouve-t-il depuis le départ de Tristan ?

b. Pourquoi le roi le fait-il relâcher ?

c. Quel itinéraire suit-il ? Pourquoi les chevaliers cessent-ils de le suivre ?

d. Quels sentiments Tristan et Iseut éprouvent-ils à la vue du chien ?

Le roi Marc

9 **a.** Comment Marc interprète-t-il la présence de l'épée entre les deux amants ?

b. Quels sont les objets laissés par Marc ? Pourquoi selon vous ? À votre avis, sont-ils des signes de réconciliation ?

Je formule mes impressions

10 Avez-vous été ému par l'histoire du chien Husdent ?

11 Quel rêve Iseut fait-elle ? Comment l'interprétez-vous ?

12 Que pensez-vous de l'amour qui lie Tristan et Iseut ?

J'ÉTUDIE LA LANGUE

Grammaire : les verbes d'action

13 Relisez le passage l. 67-76.

a. Relevez les verbes d'action. Sont-ils nombreux ?

b. Par quel signe de ponctuation dominant sont-ils reliés ?

c. À quel temps sont-ils conjugués par rapport au reste du récit ? Quel est l'effet produit par l'ensemble ?

Vocabulaire : les mots de la famille de « ceindre »

....

14 « Le roi [...] ceignit son épée » (l. 150)

Le verbe « ceindre » vient du latin *cingere*.

Complétez avec des mots de la famille de « ceindre ».

a. Une femme qui attend un enfant est une femme .....

b. Cette ..... fortifiée est inattaquable.

c. J'ai acheté une ..... en cuir.

d. Passer les bras autour d'un adversaire, c'est le ......

e. Les cow-boys portent un ..... auquel ils suspendent leur armo.

J'ÉCRIS

Imaginer une autre fin à l'épisode

....

15 Imaginez que Tristan se réveille quand le roi Marc entre dans la hutte. Écrivez le dialogue.

CONSIGNES D'ÉCRITURE

– Imaginez les arguments de Tristan pour sa défense (inspirez-vous de ceux qu'il oppose à Ogrin) : peut-il songer à renoncer à Iseut ? Implore-t-il le roi de la lui laisser ?

– Imaginez les réactions de Marc. Est-il ému ? Sa colère peut-elle s'apaiser ?

– Vous pouvez aussi imaginer qu'Iseut se réveille et intervienne dans le dialogue.

`TEXTE 7`

« Elle s'approcha du brasier, pâle et chancelante »

Le jugement par le fer rouge

Les amants décident de se quitter. Iseut reprend sa place auprès du roi Marc qui bannit Tristan de la cour. Avant de partir, Tristan donne Husdent à Iseut et celle-ci lui offre en retour son anneau de jaspe vert.

Les barons félons reprochent à Marc d'avoir pardonné à Iseut sans la soumettre à un jugement. Ils lui demandent de lui faire passer l'épreuve de l'ordalie (voir « Le saviez-vous ? » p. 105) par le fer rouge : elle devra prêter serment et tenir une barre de fer chauffée à blanc ; si elle n'est pas brûlée, elle sera jugée innocente. Iseut a demandé la présence du roi Arthur et de ses chevaliers pour lui servir de témoins, au cas où on l'accuserait à nouveau.

Tandis que se hâtaient vers Carduel[1] les hérauts d'armes[2], messagers de Marc auprès du roi Artur[3], secrètement Iseut envoya vers Tristan son valet, Perinis le Blond, le Fidèle.

Perinis courut sous les bois, évitant les sentiers frayés[4],
5 tant qu'il atteignit la cabane d'Orri le forestier, où, depuis de longs jours, Tristan l'attendait[5]. Perinis lui rapporta les

---

1. Carduel : lieu de résidence du roi Artur.
2. Hérauts d'armes : officiers chargés de proclamer les messages, l'ordonnancement des cérémonies.
3. Artur : graphie choisie pour Arthur dans l'adaptation de Joseph Bédier.
4. Frayés : tracés.
5. Tristan l'attendait : Tristan n'a pas pu se résoudre à s'éloigner.

choses advenues, la nouvelle félonie[6], le terme[7] du jugement, l'heure et le lieu marqués :

« Sire, ma dame vous mande[8] qu'au jour fixé, sous une
10 robe de pèlerin, si habilement déguisé que nul ne puisse
vous reconnaître, sans armes, vous soyez à la Blanche-
Lande[9]: il lui faut, pour atteindre le lieu du jugement,
passer le fleuve en barque ; sur la rive opposée, là où seront
les chevaliers du roi Artur, vous l'attendrez. Sans doute,
15 alors, vous pourrez lui porter aide. Ma dame redoute le jour
du jugement : pourtant elle se fie en la courtoisie[10] de Dieu,
qui déjà sut l'arracher aux mains des lépreux.

– Retourne vers la reine, beau doux ami, Perinis : dis-lui
que je ferai sa volonté. »

20 Or, seigneurs, quand Perinis s'en retourna vers Tintagel,
il advint qu'il aperçut dans un fourré le même forestier
qui, naguère, ayant surpris les amants endormis, les avait
dénoncés au roi. Un jour qu'il était ivre, il s'était vanté de
sa traîtrise. L'homme, ayant creusé dans la terre un trou
25 profond, le recouvrait habilement de branchages, pour y
prendre loups et sangliers. Il vit s'élancer sur lui le valet
de la reine et voulut fuir. Mais Perinis l'accula[11] sur le bord
du piège :

« Espion, qui as vendu la reine, pourquoi t'enfuir ? Reste
30 là, près de ta tombe, que toi-même tu as pris le soin de
creuser ! »

---

6. **Félonie :** traîtrise.
7. **Le terme :** la date.
8. **Ma dame vous mande :** ma dame vous demande.
9. **Blanche-Lande :** lande située près de la mer.
10. **Courtoisie :** noblesse de cœur et de pensée, qu'Iseut attend de Dieu dans son épreuve.
11. **Accula :** le poussa.

Son bâton tournoya dans l'air en bourdonnant. Le bâton et le crâne se brisèrent à la fois, et Perinis le Blond, le Fidèle, poussa du pied le corps dans la fosse couverte de
35 branches.

Au jour marqué pour le jugement, le roi Marc, Iseut et les barons de Cornouailles, ayant chevauché jusqu'à la Blanche-Lande, parvinrent en bel arroi[12] devant le fleuve, et, massés au long de l'autre rive, les chevaliers d'Artur les
40 saluèrent de leurs bannières[13] brillantes.

Devant eux, assis sur la berge, un pèlerin miséreux, enveloppé dans sa chape[14], où pendaient des coquilles, tendait sa sébile[15] de bois et demandait l'aumône d'une voix aiguë et dolente[16].

45 À force de rames, les barques de Cornouailles approchaient. Quand elles furent près d'atterrir, Iseut demanda aux chevaliers qui l'entouraient :

« Seigneurs, comment pourrais-je atteindre la terre ferme, sans souiller mes longs vêtements dans cette
50 fange[17] ? Il faudrait qu'un passeur vînt m'aider. »

L'un des chevaliers héla le pèlerin :

« Ami, retrousse ta chape, descends dans l'eau et porte la reine, si pourtant tu ne crains pas, cassé comme je te vois, de fléchir[18] à mi-route. »

---

12. **En bel arroi :** en groupe ordonné.
13. **Bannières :** drapeaux, oriflammes.
14. **Chape :** cape, manteau.
15. **Sébile :** coupe.
16. **Dolente :** plaintive.
17. **Fange :** boue.
18. **Fléchir :** faiblir, t'effondrer.

55 L'homme prit la reine dans ses bras. Elle lui dit tout bas :
« Ami ! » Puis, tout bas encore : « Laisse-toi choir[19] sur le
sable. »

Parvenu au rivage, il trébucha et tomba, tenant la reine
pressée entre ses bras. Écuyers et mariniers, saisissant les
60 rames et les gaffes[20], pourchassaient le pauvre hère[21].

« Laissez-le, dit la reine ; sans doute un long pèlerinage
l'avait affaibli. »

Et, détachant un fermail[22] d'or fin, elle le jeta au pèlerin.

Devant le pavillon[23] d'Artur, un riche drap de soie de
65 Nicée[24] était étendu sur l'herbe verte, et les reliques[25] des
saints, retirées des écrins et des châsses[26], y étaient déjà
disposées. Monseigneur Gauvain, Girflet et Ké le sénéchal[27] les gardaient.

La reine, ayant supplié Dieu, retira les joyaux de son cou
70 et de ses mains et les donna aux pauvres mendiants ; elle
détacha son manteau de pourpre[28] et sa guimpe[29] fine,
et les donna ; elle donna son chainse[30] et son bliaut et ses
chaussures enrichies de pierreries. Elle garda seulement
sur son corps une tunique sans manches, et, les bras et
75 les pieds nus, s'avança devant les deux rois. À l'entour, les

---

19. **Choir :** tomber.
20. **Gaffes :** perches qui servent à manœuvrer les barques.
21. **Hère :** malheureux.
22. **Fermail :** agrafe ou boucle servant à fermer ou décorer une robe.
23. **Pavillon :** tente.
24. **Nicée :** ville d'Asie Mineure célèbre pour son luxe.
25. **Reliques :** restes sacrés des saints.
26. **Châsses :** coffres contenant les reliques des saints.
27. **Monseigneur Gauvain, Girflet et Ké le sénéchal :** chevaliers de la Table Ronde, fidèles d'Arthur.
28. **Pourpre :** rouge.
29. **Guimpe :** voile qui couvre la tête.
30. **Chainse :** chemise.

barons la contemplaient en silence, et pleuraient. Près des reliques brûlait un brasier. Tremblante, elle étendit la main droite vers les ossements des saints, et dit :

« Roi de Logres[31], et vous, roi de Cornouailles, et vous, sire Gauvain, sire Ké, sire Girflet, et vous tous qui serez mes garants[32], par ces corps saints et par tous les corps saints qui sont en ce monde, je jure que jamais un homme né de femme ne m'a tenue entre ses bras, hormis le roi Marc, mon seigneur, et le pauvre pèlerin qui, tout à l'heure, s'est laissé choir à vos yeux. Roi Marc, ce serment convient-il ?

– Oui, reine, et que Dieu manifeste son vrai jugement !

– Amen ! » dit Iseut.

Elle s'approcha du brasier, pâle et chancelante. Tous se taisaient ; le fer était rouge. Alors, elle plongea ses bras nus dans la braise, saisit la barre de fer, marcha neuf pas en la portant, puis, l'ayant rejetée, étendit ses bras en croix, les paumes ouvertes. Et chacun vit que sa chair était plus saine que prune de prunier.

Alors de toutes les poitrines un grand cri de louange monta vers Dieu.

joie et remerciement

Chapitre 12

---

31. Roi de Logres : le roi Artur.
32. Garants : cautions. Ici, il s'agit d'Artur et de ses chevaliers qui témoigneront et garantiront l'issue du jugement.

La voix du rossignol

Mais Tristan, inquiet pour Iseut, n'était pas parti. Pour l'appeler, il imite le chant du rossignol et les deux amants se retrouvent à nouveau. Tristan doit alors affronter les barons félons et tue Denolaen et Gondoïne. Puis ils se disent adieu.

[...] Alors Iseut dit à Tristan :

« Fuis maintenant, ami ! Tu le vois, les félons connaissent ton refuge ! Andret[33] survit, il l'enseignera au roi ; il
100 n'est plus de sûreté pour toi dans la cabane du forestier ! Fuis, ami ! Perinis le Fidèle cachera ce corps[34] dans la forêt, si bien que le roi n'en saura jamais nulles nouvelles. Mais toi, fuis de ce pays, pour ton salut, pour le mien ! »

Tristan dit :

105 « Comment pourrais-je vivre ?

– Oui, ami Tristan, nos vies sont enlacées et tissées l'une à l'autre. Et moi, comment pourrais-je vivre ? Mon corps reste ici, tu as mon cœur.

– Iseut, amie, je pars, je ne sais pour quel pays. Mais, si
110 jamais tu revois l'anneau de jaspe vert, feras-tu ce que je te manderai par lui ?

– Oui, tu le sais : si je revois l'anneau de jaspe vert, ni tour, ni fort château, ni défense royale ne m'empêcheront de faire la volonté de mon ami, que ce soit folie ou
115 sagesse !

---

33. **Andret :** l'un des quatre barons félons qui veulent la perte de Tristan.
34. **Ce corps :** celui de Gondoïne, l'un des quatre barons félons.

– Amie, que le Dieu né en Bethléem[35] t'en sache gré !

– Ami, que Dieu te garde ! »

Chapitre 13

Le grelot merveilleux

Tristan se réfugia en Galles, sur la terre du noble duc Gilain. Le duc était jeune, puissant, débonnaire[36] ; il l'ac-
120 cueillit comme un hôte[37] bienvenu. Pour lui faire honneur et joie, il n'épargna nulle peine ; mais ni les aventures ni les fêtes ne purent apaiser l'angoisse de Tristan.

Un jour qu'il était assis aux côtés du jeune duc, son cœur était si douloureux qu'il soupirait sans même s'en aperce-
125 voir. Le duc, pour adoucir sa peine, commanda d'appor-ter dans sa chambre privée son jeu favori, qui, par sorti-lège, aux heures tristes, charmait ses yeux et son cœur. Sur une table recouverte d'une pourpre[38] noble et riche, on plaça son chien Petit-Crû. C'était un chien enchanté :
130 il venait au duc de l'île d'Avallon[39] ; une fée le lui avait envoyé comme un présent d'amour. Nul ne saurait par des paroles assez habiles décrire sa nature et sa beauté. Son poil était coloré de nuances si merveilleusement dispo-sées que l'on ne savait nommer sa couleur ; son encolure
135 semblait d'abord plus blanche que neige, sa croupe[40]

---

35. **Le Dieu né en Bethléem :** Jésus.
36. **Débonnaire :** bon.
37. **Hôte :** invité.
38. **Pourpre :** étoffe rouge.
39. **Avallon :** île merveilleuse habitée par des femmes qui connaissent tous les secrets de la magie.
40. **Croupe :** arrière-train.

plus verte que feuille de trèfle, l'un de ses flancs rouge comme l'écarlate[41], l'autre jaune comme le safran[42], son ventre bleu comme le lapis-lazuli[43], son dos rosé ; mais, quand on le regardait plus longtemps, toutes ces couleurs dansaient aux yeux et muaient[44], tour à tour blanches et vertes, jaunes, bleues, pourprées, sombres ou fraîches. Il portait au cou, suspendu à une chaînette d'or, un grelot au tintement si gai, si clair, si doux, qu'à l'ouïr, le cœur de Tristan s'attendrit, s'apaisa, et que sa peine se fondit. Il ne lui souvint plus de tant de misères endurées pour la reine ; car telle était la merveilleuse vertu du grelot : le cœur, à l'entendre sonner, si doux, si gai, si clair, oubliait toute peine. Et tandis que Tristan, ému par le sortilège, caressait la petite bête enchantée qui lui prenait tout son chagrin et dont la robe, au toucher de sa main, semblait plus douce qu'une étoffe de samit[45], il songeait que ce serait là un beau présent pour Iseut. Mais que faire ? le duc Gilain aimait Petit-Crû par-dessus toute chose, et nul n'aurait pu l'obtenir de lui, ni par ruse, ni par prière.

Un jour, Tristan dit au duc :

« Sire, que donneriez-vous à qui délivrerait votre terre du géant Urgan le Velu, qui réclame de vous de si lourds tributs[46] ?

– En vérité, je donnerais à choisir à son vainqueur, parmi mes richesses, celle qu'il tiendrait pour la plus précieuse ; mais nul n'osera s'attaquer au géant.

---

41. Ecarlate : étoffe généralement rouge. **44. Muaient :** changeaient.
42. Safran : épice de couleur jaune. **45. Samit :** riche étoffe de soie.
43. Lapis-lazuli : pierre bleue. **46. Tributs :** taxes que le vainqueur exige des vaincus.

– Voilà merveilleuses[47] paroles, reprit Tristan. Mais le bien ne vient jamais dans un pays que par les aventures[48], et, pour tout l'or de Pavie[49], je ne renoncerais pas à mon
165 désir de combattre le géant.

– Alors, dit le duc Gilain, que le Dieu né d'une Vierge[50] vous accompagne et vous défende de la mort ! »

Tristan atteignit Urgan le Velu dans son repaire. Long-temps ils combattirent furieusement. Enfin la prouesse
170 triompha de la force, l'épée agile de la lourde massue, et Tristan, ayant tranché le poing droit du géant, le rapporta au duc :

« Sire, en récompense, ainsi que vous l'avez promis, donnez-moi Petit-Crû, votre chien enchanté !
175 – Ami, qu'as-tu demandé ? Laisse-le-moi et prends plutôt ma sœur et la moitié de ma terre.

– Sire, votre sœur est belle, et belle est votre terre ; mais c'est pour gagner votre chien-fée que j'ai attaqué Urgan le Velu. Souvenez-vous de votre promesse !
180 – Prends-le donc ; mais sache que tu m'as enlevé la joie de mes yeux et la gaieté de mon cœur ! »

Tristan confia le chien à un jongleur de Galles, sage et rusé, qui le porta de sa part en Cornouailles. Le jongleur parvint à Tintagel et le remit secrètement à Brangien[51]. La
185 reine s'en réjouit grandement, donna en récompense dix marcs d'or au jongleur et dit au roi que la reine d'Irlande,

---

47. **Merveilleuses :** étonnantes.
48. **Aventures :** exploits.
49. **Pavie :** ville d'Italie, symbole de richesse.
50. **Le Dieu né d'une Vierge :** Jésus.
51. **Brangien :** fidèle servante d'Iseut.

sa mère, envoyait ce cher présent. Elle fit ouvrer[52] pour le chien, par un orfèvre[53], une niche précieusement incrustée d'or et de pierreries et, partout où elle allait, le portait
190 avec elle en souvenir de son ami. Et, chaque fois qu'elle le regardait, tristesse, angoisse, regrets s'effaçaient de sen cœur.

Elle ne comprit pas d'abord la merveille ; si elle trouvait une telle douceur à le contempler c'était, pensait-
195 elle, parce qu'il lui venait de Tristan ; c'était, sans doute, la pensée de son ami qui endormait ainsi sa peine. Mais un jour elle connut que c'était un sortilège, et que seul le tintement du grelot charmait son cœur.

Ah ! pensa-t-elle, convient-il que je connaisse le réconfort, tandis que Tristan est malheureux ? Il aurait pu
200 garder ce chien enchanté et oublier ainsi toute douleur ; par belle courtoisie[54], il a mieux aimé me l'envoyer, donner sa joie et reprendre sa misère. Mais il ne sied pas[55] qu'il en soit ainsi ; Tristan, je veux souffrir aussi longtemps
205 que tu souffriras. »

Elle prit le grelot magique, le fit tinter une dernière fois, le détacha doucement ; puis, par la fenêtre ouverte, elle le lança dans la mer.

Chapitre 14

---

52. **Ouvrer :** fabriquer.
53. **Orfèvre :** artisan qui travaille l'or.
54. **Belle courtoisie :** marque d'amour.
55. **Il ne sied pas :** il ne convient pas.

QUESTIONS SUR LE TEXTE 7

AI-JE BIEN LU ?

1 **a.** De quelle faute Iseut s'est-elle rendue coupable vis-à-vis du roi Marc ?

b. Quelle épreuve doit-elle subir ?

2 **a.** Dans quel lieu l'épreuve se déroule-t-elle ?

b. Quel trajet Iseut doit-elle effectuer ?

c. Quel personnage l'aide à traverser le fleuve ? En quoi est-il déguisé ?

3 Qui sont les témoins ? Iseut réussit-elle l'épreuve ?

4 Qui est Petit-Crû ? Pourquoi Tristan l'offre-t-il à Iseut ?

J'ANALYSE LE TEXTE

Le parcours de Tristan et Iseut

....

— Le serment d'Iseut et l'épreuve de l'ordalie

5 **a.** Quel serment doit-elle prêter ? Que risque-t-elle si elle ment ?

b. Quelle mise en scène a-t-elle préparée avec Tristan ?

6 **a.** Retracez le déroulement du jugement (l. 69-96).

b. Iseut ment-elle ou dit-elle la vérité lorsqu'elle prête serment (l. 79-86) ?

7 Que peut symboliser la couleur blanche présente dans le nom Blanche-Lande par rapport à l'épreuve subie par Iseut ?

— Les adieux des amants et l'épreuve de l'éloignement

8 Pourquoi Iseut demande-t-elle à Tristan de fuir (l. 97-103) ?

9 **a.** Par quelles expressions Iseut exprime-t-elle l'amour qui lie les deux amants (l. 106-108) ?

b. Quel gage d'amour Tristan et Iseut échangent-ils ?

L'**éloignement** du chevalier et de sa dame est un des motifs des romans de chevalerie. L'éloignement permet au chevalier d'accomplir des épreuves et de faire parvenir à sa dame des nouvelles de ses prouesses.

10 Dans quelle région Tristan s'est-il réfugié ? Repérez le lieu sur la carte p. 9.

11 a. Comment Tristan réussit-il à se procurer Petit-Crû ?

b. Que fait Iseut du grelot du petit chien ? Expliquez son geste.

Le merveilleux

— Le merveilleux chrétien

L'épisode de l'ordalie, dans lequel Dieu se manifeste par un signe, est caractéristique du merveilleux chrétien.

12 a. Quel miracle Dieu accomplit-il ?

b. Pourquoi selon vous Dieu est-il du côté des amants malgré la faute dont ceux-ci se sont rendus coupables ? Référez-vous à l'épisode du philtre.

— Le chien merveilleux

13 a. Quels termes appartiennent au champ lexical du merveilleux dans la présentation du petit chien (l. 132-152) ?

b. Quel est le champ lexical dominant dans la description de l'animal ? Relevez les comparaisons (l. 131-141).

Je formule mes impressions

14 a. Comment jugez-vous le personnage d'Iseut dans ce passage ?

b. Que pensez-vous du fait qu'elle jette le grelot de Petit Crû ?

J'ÉTUDIE LA LANGUE

Orthographe : les adjectifs de couleur

Les **adjectifs de couleur** s'accordent avec le nom (ex : des plumes jaunes) sauf lorsqu'ils sont composés (des plumes vert jaune) ou lorsqu'ils sont formés à partir d'un nom (ex : des plumes marron, des plumes orange).
Exception : rose, écarlate, fauve, mauve s'accordent (ex : des plumes roses, écarlates, fauves, mauves).

15 Accordez les adjectifs de couleur.
a. des épées (vermeil).
b. des cheveux (blond).
c. des étoffes (violet).
d. des soieries (bleu pâle).
e. des destriers (noir).
f. des velours (orange).
g. des tentures (écarlate)

Vocabulaire : les couleurs

16 Classez les couleurs selon qu'elles appartiennent à la gamme du rouge, du rose ou mauve, du vert, du bleu, du jaune ou orange, du brun, du blanc, du gris et du noir.
a. coquelicot. b. paille. c. saumon. d. sable. e. anthracite.
f. mousse. g. chocolat. h. abricot. i. lavande. j. ivoire. k. lilas.
l. noisette. m. saphir. n. crème. o. encre. p. jade. q. fuchsia.
r. fauve. s. turquoise.

J'ÉCRIS

Décrire un objet merveilleux
....

17 « Il songeait que ce serait là un beau présent pour Iseut. »
Quel cadeau merveilleux aimeriez-vous offrir comme présent
d'amour ou d'amitié ?

CONSIGNES D'ÉCRITURE
– Dites à qui vous aimeriez offrir ce cadeau et pourquoi.
– Décrivez-le (couleurs, formes).
– Expliquez son pouvoir.

LE SAVIEZ-VOUS ?

L'ordalie
....

L'ordalie est une épreuve judiciaire en usage au Moyen Âge. Elle
consiste à faire passer à l'accusé une épreuve physique dont l'issue
sera considérée comme l'expression du « jugement de Dieu » (autre
appellation de l'ordalie). Il existait différentes épreuves : l'ordalie
par le fer rouge, par l'eau glacée, par l'eau bouillante, par les éléments naturels.

L'ordalie, dans *Le Roman de Tristan et Iseut*, prend la forme d'un
miracle. En réalité, dans la procédure juridique médiévale, on ne
demandait pas à l'accusé de ne pas être brûlé, ce qui aurait relevé du
miracle, mais on observait au bout de trois jours l'état de la brûlure
et la vitesse de cicatrisation de la main ou du bras.

L'ordalie a disparu dans les procès aux environs du XIIIe siècle.

« Vous ne pouvez mourir sans moi ni moi sans vous »

Iseut aux Blanches Mains

Les amants ne pouvaient ni vivre ni mourir l'un sans l'autre. Séparés, ce n'était pas la vie, ni la mort, mais la vie et la mort à la fois.

Par les mers, les îles et les pays, Tristan voulut fuir sa
5 misère. Il revit son pays de Loonnois, où Rohalt le Foi-Tenant reçut son fils avec des larmes de tendresse ; mais, ne pouvant supporter de vivre dans le repos de sa terre, Tristan s'en fut par les duchés et les royaumes, cherchant les aventures. Du Loonnois en Frise, de Frise en Gavoie[1],
10 d'Allemagne en Espagne, il servit maints seigneurs, acheva maintes emprises[2]. Hélas ! pendant deux années, nulle nouvelle ne lui vint de la Cornouailles, nul ami, nul message.

Alors il crut qu'Iseut s'était déprise de lui[3] et qu'elle
15 l'oubliait.

Or, il advint qu'un jour, chevauchant avec le seul Gorvenal, il entra sur la terre de Bretagne. Ils traversèrent une plaine dévastée : partout des murs ruinés, des villages sans habitants, des champs essartés[4] par le feu, et leurs

---

1. **Gavoie :** royaume imaginaire, peut-être situé en Écosse (Galloway) ou en Irlande (Galway).
2. **Emprises :** entreprises, missions.
3. **S'était déprise de lui :** n'était plus amoureuse de lui.
4. **Essartés :** débroussaillés.

20 chevaux foulaient des cendres et des charbons. Sur la lande déserte, Tristan songea :

« Je suis las et recru[5]. De quoi me servent ces aventures ? Ma dame est au loin, jamais je ne la reverrai. Depuis deux années, que ne m'a-t-elle fait quérir[6] par
25 les pays ? Pas un message d'elle. À Tintagel, le roi l'honore et la sert ; elle vit en joie. Certes, le grelot du chien enchanté accomplit bien son œuvre ! Elle m'oublie, et peu lui chaut[7] des deuils et des joies d'antan[8], peu lui chaut du chétif[9] qui erre par ce pays désolé. A mon tour, n'oublierai-je jamais celle qui m'oublie ? Jamais ne trouverai-je
30 qui guérisse ma misère ? » [...]

Tristan arrive sur les terres du duc Hoël qui sont dévastées par la guerre. Tristan propose au duc et à son fils Kaherdin de guerroyer à leurs côtés. Il fait alors la connaissance de la fille du duc, dont le prénom l'émeut étrangement : Iseut aux Blanches Mains. Après une dure bataille où Tristan se signale par son courage et sa vaillance, le duc Hoël l'emporte enfin.

Quand les vainqueurs furent rentrés dans Carhaix, Kaherdin dit à son père :

« Sire, mandez[10] Tristan, et retenez-le ; il n'est pas de
35 meilleur chevalier, et votre pays a besoin d'un baron de telle prouesse. »

---

5. Recru : fatigué.
6. Quérir : chercher.
7. Peu lui chaut : peu lui importe.
8. D'antan : d'autrefois.
9. Chétif : misérable.
10. Mandez : faites appeler.

Ayant pris le conseil de ses hommes, le duc Hoël appela Tristan :

« Ami, je ne saurais trop vous aimer, car vous m'avez
40 conservé cette terre. Je veux donc m'acquitter envers vous. Ma fille, Iseut aux Blanches Mains, est née de ducs, de rois et de reines. Prenez-la, je vous la donne.

– Sire, je la prends », dit Tristan.

Ah ! seigneurs, pourquoi dit-il cette parole ? Mais, pour
45 cette parole, il mourut.

Jour est pris, terme fixé. Le duc vient avec ses amis, Tristan avec les siens. Le chapelain[11] chante la messe. Devant tous, à la porte du moutier[12], selon la loi de sainte Église, Tristan épouse Iseut aux Blanches Mains. Les noces
50 furent grandes et riches. Mais la nuit venue, tandis que les hommes de Tristan le dépouillaient de ses vêtements, il advint que, en retirant la manche trop étroite de son bliaut[13], ils enlevèrent et firent choir de son doigt son anneau de jaspe vert, l'anneau d'Iseut la Blonde. Il sonne
55 clair sur les dalles.

Tristan regarde et le voit. Alors son ancien amour se réveille, et Tristan connaît son forfait.

Il lui ressouvint du jour où Iseut la Blonde lui avait donné cet anneau : c'était dans la forêt, où, pour lui, elle
60 avait mené l'âpre vie. Et, couché auprès de l'autre Iseut, il revit la hutte du Morois. Par quelle forsennerie[14] avait-il en son cœur accusé son amie de trahison ? Non, elle souffrait pour lui toute misère, et lui seul l'avait trahie.

---

11. **Chapelain :** prêtre chargé d'une chapelle.
12. **Moutier :** monastère.
13. **Bliaut :** robe.
14. **Forsennerie :** folie (forcené, fou).

Mais il prenait aussi en compassion[15] Iseut, sa femme,
65 la simple, la belle. Les deux Iseut l'avaient aimé à la male
heure[16]. À toutes les deux il avait menti sa foi[17].

Pourtant, Iseut aux Blanches Mains s'étonnait de l'entendre soupirer, étendu à ses côtés. Elle lui dit enfin, un
peu honteuse :

70 « Cher seigneur, vous ai-je offensé en quelque chose ?
Pourquoi ne me donnez-vous pas un seul baiser ? Dites-le moi, que je connaisse mon tort, et je vous en ferai belle
amendise[18], si je puis.

– Amie, dit Tristan, ne vous courroucez pas[19], mais j'ai
75 fait un vœu. Naguère, en un autre pays, j'ai combattu un
dragon, et j'allais périr, quand je me suis souvenu de la
Mère de Dieu : je lui ai promis que, délivré du monstre
par sa courtoisie, si jamais je prenais femme, tout un an
je m'abstiendrais de l'accoler[20] et de l'embrasser…

80 – Or donc, dit Iseut aux Blanches Mains, je le souffrirai
bonnement[21]. »

Mais quand les servantes, au matin, lui ajustèrent la
guimpe[22] des femmes épousées, elle sourit tristement, et
songea qu'elle n'avait guère droit à cette parure.

Chapitre 15

---

15. Compassion : pitié.
16. À la male heure : pour leur malheur.
17. Il avait menti sa foi : il avait été infidèle.
18. Je vous en ferai belle amendise : je réparerai mon tort.
19. Ne vous courroucez pas : ne vous fâchez pas.
20. De l'accoler : de la prendre par le cou.
21. Je le souffrirai bonnement : je la supporterai bien.
22. Guimpe : voile.

La mort

Avec son ami Kaherdin, Tristan combat contre le nain Bedalis. Mais blessé par une flèche empoisonnée, il se meurt et veut revoir Iseut la Blonde une dernière fois. Il demande à son ami Kaherdin d'aller la chercher et lui confie l'anneau de jaspe vert. Mais Iseut aux Blanches Mains surprend leur conversation.

85 « Hâtez-vous, compagnon, et revenez bientôt vers moi ; si vous tardez, vous ne me reverrez plus. Prenez un terme de quarante jours[23] et ramenez Iseut la Blonde. Cachez votre départ à votre sœur, ou dites que vous allez quérir un médecin. Vous emmènerez ma belle nef ; prenez avec vous 90 deux voiles, l'une blanche, l'autre noire. Si vous ramenez la reine Iseut, dressez au retour la voile blanche ; et, si vous ne la ramenez pas, cinglez[24] avec la voile noire. Ami, je n'ai plus rien à vous dire : que Dieu vous guide et vous ramène sain et sauf ! »

95 Il soupire, pleure et se lamente, et Kaherdin pleure pareillement, baise Tristan et prend congé.

Au premier vent il se mit en mer. Les mariniers halèrent[25] les ancres, dressèrent la voile, cinglèrent par un vent léger, et leur proue trancha les vagues hautes et 100 profondes. Ils emportaient de riches marchandises : des draps de soie teints de couleurs rares, de la belle vaisselle de Tours, des vins de Poitou, des gerfauts[26] d'Espagne,

---

23. Prenez un terme de quarante jours : vous avez un délai de quarante jours.
24. Cinglez : naviguez.
25. Halèrent : levèrent.
26. Gerfauts : gros faucons dressés pour la chasse.

et par cette ruse Kaherdin pensait parvenir auprès
d'Iseut. Huit jours et huit nuits, ils fendirent les vagues et
105 voguèrent à pleines voiles vers la Cornouailles.

Colère de femme est chose redoutable, et que chacun
s'en garde ! Là où une femme aura le plus aimé, là aussi
elle se vengera le plus cruellement. L'amour des femmes
vient vite, et vite vient leur haine ; et leur inimitié[27], une
110 fois venue, dure plus que l'amitié. Elles savent tempérer[28] l'amour, mais non la haine. Debout contre la paroi,
Iseut aux Blanches Mains avait entendu chaque parole.
Elle avait tant aimé Tristan !... Elle connaissait enfin
son amour pour une autre. Elle retint les choses enten-
115 dues : si elle le peut un jour, comme elle se vengera sur
ce qu'elle aime le plus au monde ! Pourtant, elle n'en fit
nul semblant[29], et dès qu'on ouvrit les portes, elle entra
dans la chambre de Tristan, et, cachant son courroux[30],
continua de le servir et de lui faire belle chère[31], ainsi qu'il
120 sied à une amante. Elle lui parlait doucement, le baisait
sur les lèvres, et lui demandait si Kaherdin reviendrait
bientôt avec le médecin qui devait le guérir. Mais toujours
elle cherchait sa vengeance. [...]

*Après s'être rendu à Tintagel, Kaherdin fait voile avec Iseut la
Blonde en direction de la Bretagne.*

---

27. Inimitié : haine.
28. Tempérer : modérer, adoucir.
29. Elle n'en fit nul semblant : elle ne dévoila pas ses pensées.
30. Courroux : colère.
31. Belle chère : bonne figure.

À Carhaix, Tristan languit[32]. Il convoite[33] la venue
125 d'Iseut. Rien ne le conforte plus, et s'il vit encore, c'est
qu'il l'attend. Chaque jour, il envoyait au rivage guetter
si la nef revenait, et la couleur de sa voile ; nul autre désir
ne lui tenait plus au cœur. Bientôt il se fit porter sur la
falaise de Penmarch, et, si longtemps que le soleil se tenait
130 à l'horizon, il regardait au loin la mer.

Écoutez, seigneurs, une aventure douloureuse, pitoyable
à ceux qui aiment. Déjà Iseut approchait ; déjà la falaise de
Penmarch surgissait au loin, et la nef cinglait plus joyeuse.
Un vent d'orage grandit tout à coup, frappe droit contre la
135 voile et fait tourner la nef sur elle-même. Les mariniers
courent au lof[34], et contre leur gré virent en arrière. Le
vent fait rage, les vagues profondes s'émeuvent[35], l'air
s'épaissit en ténèbres, la mer noircit, la pluie s'abat en
rafales. Haubans et boulines[36] se rompent, les mariniers
140 baissent la voile et louvoient[37] au gré de l'onde et du vent.
Ils avaient, pour leur malheur, oublié de hisser à bord la
barque amarrée à la poupe et qui suivait le sillage de la
nef. Une vague la brise et l'emporte.
Iseut s'écrie :
145 « Hélas ! chétive ! Dieu ne veut pas que je vive assez pour
voir Tristan, mon ami, une fois encore, une fois seulement ; il veut que je sois noyée en cette mer. Tristan, si je
vous avais parlé une fois encore, je me soucierais peu de

---

32. **Languit :** perd ses forces.
33. **Convoite :** désire ardemment.
34. **Lof :** côté du navire frappé par le vent.

35. **S'émeuvent :** se mettent en mouvement.
36. **Haubans et boulines :** cordages.
37. **Louvoient :** naviguent en zigzag.

mourir après. Ami, si je ne viens pas jusqu'à vous, c'est
150 que Dieu ne le veut pas, et c'est ma pire douleur. Ma mort
ne m'est rien, puisque Dieu la veut, je l'accepte ; mais,
ami, quand vous l'apprendrez, vous mourrez, je le sais
bien. Notre amour est de telle guise[38] que vous ne pouvez
mourir sans moi, ni moi sans vous. Je vois votre mort
155 devant moi en même temps que la mienne. Hélas ! ami,
j'ai failli[39] à mon désir : il était de mourir dans vos bras,
d'être ensevelie dans votre cercueil ; mais nous y avons
failli. Je vais mourir seule, et, sans vous, disparaître dans
la mer. Peut-être vous ne saurez pas ma mort, vous vivrez
160 encore, attendant toujours que je vienne. Si Dieu le veut,
vous guérirez même... Ah ! peut-être après moi vous aimerez une autre femme, vous aimerez Iseut aux Blanches
Mains ! Je ne sais ce qui sera de vous : pour moi, ami, si
je vous savais mort, je ne vivrais guère après. Que Dieu
165 nous accorde, ami, ou que je vous guérisse, ou que nous
mourions tous deux d'une même angoisse ! »

Ainsi gémit la reine, tant que dura la tourmente. Mais,
après cinq jours, l'orage s'apaisa. Au plus haut du mât,
Kaherdin hissa joyeusement la voile blanche, afin que
170 Tristan reconnût de plus loin sa couleur. Déjà Kaherdin
voit la Bretagne... Hélas ! presque aussitôt le calme suivit
la tempête, la mer devint douce et toute plate, le vent cessa
de gonfler la voile, et les mariniers louvoyèrent vainement
en amont et en aval, en avant et en arrière. Au loin, ils
175 apercevaient la côte, mais la tempête avait emporté leur

---

38. Guise : sorte.
39. J'ai failli : j'ai manqué.

barque, en sorte qu'ils ne pouvaient atterrir. À la troisième nuit, Iseut songea[40] qu'elle tenait en son giron[41] la tête d'un grand sanglier qui honnissait[42] sa robe de sang, et connut par là qu'elle ne reverrait plus son ami vivant.

180 Tristan était trop faible désormais pour veiller encore sur la falaise de Penmarch, et depuis de longs jours, enfermé loin du rivage, il pleurait pour Iseut qui ne venait pas. Dolent et las[43], il se plaint, soupire, s'agite ; peu s'en faut qu'il ne meure de son désir.

185 Enfin, le vent fraîchit et la voile blanche apparut. Alors, Iseut aux Blanches Mains se vengea. Elle vient vers le lit de Tristan et dit :

« Ami, Kaherdin arrive. J'ai vu sa nef en mer : elle avance à grand'peine ; pourtant je l'ai reconnue ; puisse-t-il 190 apporter ce qui doit vous guérir ! »

Tristan tressaille :

« Amie belle, vous êtes sûre que c'est sa nef ? Or, dites-moi comment est la voile.

– Je l'ai bien vue, ils l'ont ouverte et dressée très haut, car 195 ils ont peu de vent. Sachez qu'elle est toute noire. »

Tristan se tourna vers la muraille et dit :

« Je ne puis retenir ma vie plus longtemps. » Il dit trois fois : « Iseut, amie ! » À la quatrième, il rendit l'âme.

Alors, par la maison, pleurèrent les chevaliers, les 200 compagnons de Tristan. Ils l'ôtèrent de son lit, l'étendirent sur un riche tapis et recouvrirent son corps d'un linceul[44].

---

40. Songea : rêva.
41. Giron : pan de vêtement coupé en pointe qui va de la ceinture aux genoux.
42. Honnissait : salissait.
43. Dolent et las : souffrant et fatigué.
44. Linceul : tissu qui recouvre les morts.

Sur la mer, le vent s'était levé et frappait la voile en plein milieu. Il poussa la nef jusqu'à terre. Iseut la Blonde débarqua. Elle entendit de grandes plaintes par les rues,
205 et les cloches sonner aux moutiers, aux chapelles. Elle demanda aux gens du pays pourquoi ces glas[45], pourquoi ces pleurs.

Un vieillard lui dit :

« Dame, nous avons une grande douleur. Tristan le
210 franc, le preux, est mort. Il était large[46] aux besogneux, secourable aux souffrants. C'est le pire désastre qui soit jamais tombé sur ce pays. »

Iseut l'entend, elle ne peut dire une parole. Elle monte vers le palais. Elle suit la rue, sa guimpe[47] déliée. Les
215 Bretons s'émerveillaient à la regarder ; jamais ils n'avaient vu femme d'une telle beauté. Qui est-elle ? D'où vient-elle ?

Auprès de Tristan, Iseut aux Blanches Mains, affolée par le mal qu'elle avait causé, poussait de grands cris sur le
220 cadavre. L'autre Iseut entra et lui dit :

« Dame, relevez-vous, et laissez-moi approcher. J'ai plus de droits à le pleurer que vous, croyez-m'en. Je l'ai plus aimé. »

Elle se tourna vers l'orient[48] et pria Dieu. Puis elle décou-
225 vrit un peu le corps, s'étendit près de lui, tout le long de son ami, lui baisa la bouche et la face, et le serra étroitement : corps contre corps, bouche contre bouche, elle

---

45. **Glas :** cloches qui sonnent pour les morts.
46. **Large :** généreux.
47. **Guimpe :** voile.
48. **Vers l'orient :** vers l'est, où se trouve Jérusalem.

rend ainsi son âme ; elle mourut auprès de lui pour la douleur de son ami.

230   Quand le roi Marc apprit la mort des amants, il franchit la mer et, venu en Bretagne, fit ouvrer[49] deux cercueils, l'un de calcédoine[50] pour Iseut, l'autre de béryl[51] pour Tristan. Il emporta sur sa nef vers Tintagel leurs corps aimés. Auprès d'une chapelle, à gauche et à droite de l'ab-
235 side[52], il les ensevelit en deux tombeaux. Mais, pendant la nuit, de la tombe de Tristan jaillit une ronce verte et feuillue, aux forts rameaux, aux fleurs odorantes, qui, s'élevant par-dessus la chapelle, s'enfonça dans la tombe d'Iseut. Les gens du pays coupèrent la ronce : au lende-
240 main elle renaît, aussi verte, aussi fleurie, aussi vivace, et plonge encore au lit[53] d'Iseut la Blonde. Par trois fois ils voulurent la détruire ; vainement. Enfin, ils rapportèrent la merveille au roi Marc : le roi défendit de couper la ronce désormais.

245   Seigneurs, les bons trouvères[54] d'antan, Béroul et Thomas, et monseigneur Eilhart et maître Gottfried[55], ont conté ce conte pour tous ceux qui aiment, non pour les autres. Ils vous mandent[56] par moi leur salut. Ils saluent ceux qui sont pensifs et ceux qui sont heureux, les mécon-

---

49. **Ouvrer :** confectionner.
50. **Calcédoine :** pierre de couleur bleue.
51. **Béryl :** variété d'émeraude couleur d'eau de mer.
52. **Abside :** fond de l'église.
53. **Lit :** ici, tombe.
54. **Trouvères :** poètes du nord de la France écrivant en langue d'oïl.
55. Eilhart et Gottfried de Strasbourg ont donné des versions allemandes de la légende.
56. **Mandent :** envoient.

250 tents et les désireux, ceux qui sont joyeux et ceux qui sont troublés, tous les amants. Puissent-ils trouver ici consolation contre l'inconstance[57], contre l'injustice, contre le dépit[58], contre la peine, contre tous les maux d'amour !

souffrances Chapitre 19

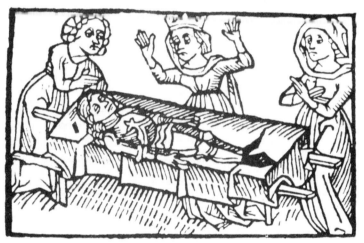

La Mort de Tristan, XVe siècle, gravure extraite du *Roman de Tristan et Iseut*, Augsburg.

---

57. Inconstance : infidélité.
58. Dépit : déception, désappointement.

QUESTIONS SUR LE TEXTE 8

AI-JE BIEN LU ?

1 Dans quelle ville Tristan et Iseut se trouvent-ils respectivement ? Repérez les lieux sur la carte p. 9.

2 En quoi consiste la vie de chevalier errant menée par Tristan ? Dans quels différents lieux se rend-il ?

3 Qui Tristan épouse-t-il ?

4 À quelle occasion est-il blessé ?

5 Comment son épouse précipite-t-elle sa mort ?

J'ANALYSE LE TEXTE

Le parcours de Tristan et Iseut

— **Le mariage de Tristan**

6 Pourquoi Tristan se marie-t-il ? Aime-t-il sa femme ?

7 **a.** Rappelez en quelles circonstances Iseut la Blonde a donné à Tristan l'anneau de jaspe vert (voir le texte 7).

b. Quelle réaction la chute de l'anneau sur le sol déclenche-t-elle chez Tristan ?

c. Quel prétexte imagine-t-il pour garder fidélité à Iseut la Blonde ?

— **Le voyage d'Iseut**

8 Qui va chercher Iseut ? Dans quel but ?

9 **a.** Quels obstacles météorologiques retardent l'arrivée d'Iseut ? Appuyez-vous sur les champs lexicaux (l. 134-143 et l. 167-176).

b. Que fait Tristan pendant ce temps (l. 126-130) ?

— **La mort des amants**

10 **a.** Comment les amants meurent-ils et pourquoi ?

b. Par quels gestes et quelles paroles la force de leur amour s'exprime-t-elle au moment de leur mort (l. 221-229) ?

Iseut aux Blanches Mains

⓫ Quel est le rôle d'Iseut aux Blanches Mains dans le parcours du couple ? Quel sentiment la pousse à agir ?

⓬ Comment le narrateur explique-t-il son comportement (l. 106-114) ? Vous attendiez-vous à ce qu'elle se comporte ainsi ?

Les symboles

⓭ Quel rêve Iseut a-t-elle fait (l. 176-179) ? Quel sens donne-t-elle à ce rêve ?

⓮ Quelle est la signification symbolique de la couleur des voiles ? À quelle légende de la mythologie grecque renvoie-t-elle ?

⓯ Observez les noms des deux femmes. Laquelle symbolise le soleil, la chaleur et la vie ? Laquelle symbolise la lune, le froid et la mort ?

⓰ **a.** Le roi Marc veut-il séparer ou réunir les jeunes gens dans la mort ? **b.** De quoi la ronce est-elle le symbole ?

Le commentaire final du narrateur

⓱ **a.** Qui sont les différents auteurs du conte ?
b. À qui ce conte est-il destiné ? Quelle en est sa visée ?

Je formule mes impressions

⓲ Avez-vous aimé cette histoire ? Est-elle pour vous « un beau conte d'amour et de mort » ?

JE PARTICIPE À UN DÉBAT

Iseut aux Blanches Mains

⓳ Iseut aux Blanches Mains vous semble-t-elle avoir des circonstances atténuantes ? Son attitude est-elle selon vous condamnable ou pardonnable ? Échangez vos points de vue.

QUESTIONS SUR LE TEXTE 8

Vocabulaire : autour du mot « dolent »

20 « Dolent et las, il se plaint, soupire » (l. 183).

« Dolent » vient du latin *dolor*, qui signifie douleur.

a. Complétez les phrases par les mots : deuil, douloureuse, condo-léance, endeuillée.

– Écoutez, seigneurs, une aventure ….

– Lorsqu'Iseut arrive à Carhaix, la ville est ….

– Iseut aux Blanches mains porte le …, elle reçoit les … des villageois.

b. Quand dit-on aujourd'hui que quelqu'un est indolent ?

Exprimer des sentiments

21 « Auprès de Tristan, Iseut aux Blanches Mains, affolée par le mal qu'elle avait causé, poussait de grands cris sur le cadavre » (l. 218-220).

Imaginez en quelques phrases les paroles qu'Iseut aux Blanches Mains peut se dire à elle-même, après le drame qu'elle a causé.

CONSIGNES D'ÉCRITURE

– Utilisez des interjections *(Hélas ! Oh !)* et des phrases de type exclamatif et interrogatif.

– Utilisez le lexique des sentiments (remords, chagrin, amour…).

CARNET DE LECTURE

POUR ALLER PLUS LOIN

Lire un lai

Marie de France (XIIe siècle) écrivit en anglo-normand douze lais, poèmes inspirés des légendes celtiques. Dans « le Chèvrefeuille », Tristan, séparé d'Iseut, apprend que pour se rendre à Tintagel, elle doit traverser, suivie de son cortège royal, la forêt où il s'est caché. Il guette son passage...

Le jour du départ du roi, Tristan revient dans la forêt. Sur le chemin que le cortège, il le savait, devait emprunter, il coupe par le milieu une tige de coudrier[1] qu'il équarrit en la taillant[2]. Quand il a enlevé l'écorce du bâton, à l'aide de son couteau il y grave son nom. Si la reine remarque le signal, [...] elle reconnaîtra bien, dès qu'elle le verra, le bâton préparé par son ami. Voici le sens fondamental du message écrit sur le bâton : Tristan voulait lui apprendre et lui dire qu'il était resté longtemps dans la forêt à attendre pour épier et connaître le moyen de la revoir, car il ne pouvait vivre sans elle. Il en était d'eux comme du chèvrefeuille qui s'enroule autour du coudrier : une fois qu'il s'y est enlacé et qu'il s'est enroulé tout autour de la tige, s'ils restent unis, ils peuvent bien subsister, mais ensuite si on veut les séparer, le coudrier meurt aussitôt et le chèvrefeuille aussi. « Belle amie, ainsi en est-il de nous : ni vous sans moi, ni moi sans vous ! »

Marie de France (1154-1189), « Les Lais »,
traduit de l'ancien français par Pierre Jonin
© Éditions Honoré Champion (1997).

22 Qui est l'auteure du lai ? À quel siècle a-t-elle vécu ?

23 **a.** Par quel moyen Tristan signale-t-il sa présence à la reine ?
b. Quel message Tristan veut-il lui transmettre ?
c. De quoi le coudrier et le chèvrefeuille sont-ils le symbole ?

---

1. **Coudrier :** noisetier.
2. **Il équarrit en la taillant :** il la taille en carré.

BILAN DE LECTURE

L'ATELIER JEU

❶ Devinez qui je suis !

Retrouvez les noms des personnages du *Roman de Tristan et Iseut*.

1. Je suis la fille du roi d'Irlande.
2. Je viens d'une île, et mon nom a fait trembler la Cornouailles.
3. J'ai épousé le roi des Loonnois.
4. J'ai épousé un homme qui ne m'aime pas.
5. J'ai reçu de nombreuses blessures.
6. Mon neveu m'a trahi.
7. J'ai un grelot magique.

❷ Qui a dit quoi ?

Qui a prononcé chacune de ces paroles ?

« Si je revois l'anneau de jaspe vert, ni tour, ni fort château, ni défense royale ne m'empêcheront de faire la volonté de mon ami. » •   • Le roi Marc

« Mais je ferai qu'à leur réveil ils sachent que je les ai trouvés endormis. » •   • Tristan

« Je l'ai bien vue, ils l'ont ouverte et dressée très haut, car ils ont peu de vent. Sachez qu'elle est toute noire. » •   • Blanchefleur

« Tu auras nom Tristan. » •   • Brangien

« Je ne puis me séparer d'elle, ni elle de moi. » •   • Le Morholt

« Car, par mon crime, dans la coupe maudite, vous avez bu l'amour et la mort ! » •   • Iseut aux Blanches Mains

« Tirez vos enfants au sort et je les emporterai ! » •   • Iseut la Blonde

❸ Qui est le personnage caché ?

Un personnage se cache dans la colonne grise. Complétez la grille pour découvrir son nom.

1. Les deux amants y ont vécu comme des bêtes traquées.
2. La couleur de cette voile apporte la mort.
3. Tristan l'a affronté pour conquérir la belle aux cheveux d'or.
4. Les deux amants l'ont bu pour leur malheur.
5. Cette plante symbolise l'éternité de l'amour.
6. Tristan a sauté à travers sa verrière.
7. Le roi Marc et sa cour y séjournent.

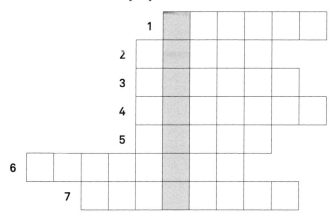

4 **En quête de merveilleux !**

Remettez de l'ordre dans la grille pour associer les éléments merveilleux et les lieux où ils se manifestent.

Eléments merveilleux	Lieux
Le dragon	Galles
Le philtre	Chapelle
Dieu sauve Tristan	Bateau
Dieu sauve Iseut	Irlande
Petit-Crû	Tintagel
La ronce	Blanche-Lande

BILAN DE LECTURE

❺ Venez au secours des amants !

Aidez Tristan et Iseut à distinguer leurs amis de leurs ennemis :
le forestier ; Andret ; Perinis ; Frocin ; Dinas de Lidan ; Gorvenal.

Amis	Ennemis
Je suis resté au service de Tristan dans la forêt du Morois : je suis ...	J'utilise la magie pour surprendre les amants : je suis ...
J'ai plaidé la cause de Tristan auprès du roi Marc : je suis ...	Je suis le seul des barons félons à survivre : je suis ...
Je suis le valet fidèle d'Iseut : je suis ...	J'ai amené le roi Marc jusqu'à la cachette des amants : je suis ...

❻ En voyage avec Tristan !

Associez chaque voyage à sa destination et classez-les par ordre chronologique : Galles ; Irlande (2 fois); Bretagne ; Cornouailles.

a. À bord d'une nef, je navigue avec Iseut vers le royaume de ...

b. Après avoir dit adieu à Iseut, je me suis réfugié en ...

c. À bord d'un navire marchand, je suis venu en... pour conquérir la belle aux cheveux d'or.

d. Triste et solitaire, je viens offrir mes services au duc Hoël en...

e. Seul sur ma barque, blessé et malade, j'ai été recueilli et amené dans le port de Weisefort en ....

❼ Voyage dans le temps à travers les mots

Associez chaque mot du Moyen Âge à son sens.

occire •	• bouclier
destrier •	• grâce
preux •	• tuer
merci •	• traître
nef •	• courageux
félon •	• tomber
écu •	• cheval
choir •	• navire

Milton Elting Hebald (1917-2015), *Romeo and Juliet*, 1978, sculpture en bronze. New York, Central Park.

L'amour fatal

Introduction

Le mythe de l'amour fatal

▶ *Le Roman de Tristan et Iseut* a suscité un véritable mythe, celui de la **passion fatale**, qui lie les amants jusque dans la mort. *Passion*, du latin *patior*, signifie « souffrance », comme en témoigne notre littérature occidentale qui exalte non pas l'amour comblé mais l'amour malheureux...

▶ Les textes du groupement ne suivent pas la chronologie, mais retracent le déroulement du **parcours amoureux** :
– la première rencontre (*L'Écume des jours* de Boris Vian) ;
– la naissance de l'amour (*Paul et Virginie* de Bernardin de Saint-Pierre) ;
– les obstacles et les adieux déchirants (*Roméo et Juliette* de William Shakespeare) ;
– la séparation et la mort (« Pyrame et Thisbé » extrait des *Métamorphoses* d'Ovide).

▶ Une version moderne de l'histoire de Roméo et Juliette, *Juliette forever* de Stacey Jay, remet en cause le mythe de l'amour fatal.

Les auteurs des textes

• **Ovide** est un poète latin (43 avant J.-C.- 17 après J.-C), célèbre pour son vaste recueil de légendes antiques, *Les Métamorphoses.*
• **William Shakespeare** (1564-1616) est l'un des auteurs anglais les plus connus avec sa pièce *Roméo et Juliette*.
• **Bernardin de Saint-Pierre** (1737-1814) a effectué un voyage à l'Île Maurice où se situe l'action de son roman *Paul et Virginie*.
• **Boris Vian** (1920-1959), poète, parolier, chanteur et musicien, romancier, est l'auteur du célèbre roman *L'Écume des jours* (1947).
• **Stacey Jay** est une auteure américaine dont le roman *Juliette forever* (paru en France en 2012) a rencontré un vif succès.

La première rencontre

Isis organise, dans l'appartement de ses parents, une soirée pour fêter l'anniversaire de son caniche. Colin, qui rêve de tomber amoureux, est invité.

– C'est Colin, dit Isis. Colin, je vous présente Chloé...

Colin avala sa salive. Sa bouche lui faisait comme du gratouillis de beignets brûlés.

– Bonjour ! dit Chloé...

5 – Bonj... êtes-vous arrangée par Duke Ellington[1] ? demanda Colin...

Et puis il s'enfuit, parce qu'il avait la conviction d'avoir dit une stupidité. [...] Alise[2] lui barrait la route.

– Alors, vous vous en allez sans avoir dansé une seule

10 petite fois avec moi ? dit-elle.

– Excusez-moi, dit Colin... Je viens d'être idiot et ça me gêne de rester.

– Pourtant, quand on vous regarde comme ça, on est forcé d'accepter...

15 – Alise... geignit Colin, en l'enlaçant et en frottant sa joue contre les cheveux d'Alise.

– Quoi, mon vieux Colin...

– Zut... Zut... et Bran !... Peste diable bouffre. Vous voyez cette fille là...

---

1. **Duke Ellington** : Colin aime le jazz, et particulièrement la version du morceau intitulé *Chloé*, arrangée par Duke Ellington, célèbre musicien américain de jazz.
2. **Alise** : amie d'Isis.

20   – Chloé ?...

– Vous la connaissez !... dit Colin. Je lui ai dit une stupidité, et c'est pour ça que je m'en allais.

Il n'ajouta pas qu'à l'intérieur du thorax, ça lui faisait
comme une musique militaire allemande, où on n'entend
25 que la grosse caisse.

- N'est-ce pas qu'elle est jolie ? demanda Alise.

Chloé avait les lèvres rouges, les cheveux bruns, l'air
heureux et sa robe n'y était pas pour rien.

- Je n'oserai pas ! dit Colin.

30   Et puis il lâcha Alise et alla inviter Chloé. Elle le regarda.
Elle riait et mit la main droite sur son épaule. Il sentait ses
doigts frais sur son cou. Il réduisit l'écartement de leurs
deux corps par le moyen d'un raccourcissement du biceps
droit, transmis, du cerveau, le long d'une paire de nerfs
35 crâniens choisie judicieusement.

Chloé le regarda encore. Elle avait les yeux bleus. Elle
agita la tête pour repousser en arrière ses cheveux frisés
et brillants et appliqua, d'un geste ferme et déterminé, sa
tempe sur la joue de Colin.

40   Il se fit un abondant silence à l'entour, et le reste du
monde se mit à compter pour du beurre. [...]

*Colin et Chloé vont se marier. Mais pendant le voyage de noces,
Chloé tombe malade : un nénuphar pousse dans son poumon
droit...*

Boris Vian (1920-1959), *L'Écume des jours*,
© Société Nouvelle des Éditions Pauvert, 1979, 1996 et 1998
© Arthème Fayard, 1999 pour l'édition en œuvres complètes.

AI-JE BIEN LU ?

1 Dans quel lieu la soirée se déroule-t-elle ? Qui l'organise ?
2 **a.** Avec qui Colin danse-t-il d'abord ?
b. Par quelle jeune fille est-il attiré ?

J'ANALYSE LE TEXTE

La rencontre

3 **a.** Quels sont les deux temps de la rencontre ?
b. Y a-t-il échange de regards, de paroles, de gestes ?
4 Que ressent le jeune homme ? Relevez deux comparaisons qui traduisent son émotion.
5 L'attirance entre les deux personnages vous semble-t-elle réciproque ? Justifiez votre réponse.
6 Le monde extérieur compte-t-il pour eux ? Justifiez.

Le portrait de Chloé

7 Relevez les termes qui décrivent Chloé. Le portrait est-il complet ou effectué par touches ? Expliquez le choix du narrateur.

Le rôle de la musique

8 Quel jeu de mot inspire à Colin le prénom de Chloé ? Pourquoi s'enfuit-il ensuite ?
9 Quel est le rôle de la danse et de la musique ?

Je formule mes impressions

10 Que pensez-vous de la façon dont est racontée cette scène de rencontre ? Certaines expressions, comparaisons, vous ont-elles surpris(e), amusé(e) ?

TEXTE 2

Un amour innocent

Le narrateur, en voyage dans l'Île de France (l'actuelle île Maurice), découvre les ruines de deux petites cabanes. Il rencontre un vieillard et lui demande à qui elles ont appartenu. Le vieil homme va lui conter l'histoire de Paul et Virginie. Deux Françaises seules et éprouvées par la vie ont mis au monde deux enfants, Paul et Virginie, qu'elles ont élevés comme frère et sœur. Paul et Virginie ont ainsi grandi, sages et innocents, en harmonie avec la nature. Mais avec le temps, leur amitié s'est faite plus tendre…

Au matin de la vie, ils en avaient toute la fraîcheur : tels dans le jardin d'Eden parurent nos premiers parents lorsque, sortant des mains de Dieu, ils se virent, s'approchèrent, et conversèrent d'abord comme frère et comme
5 sœur. Virginie, douce, modeste, confiante comme Ève ; et Paul, semblable à Adam, ayant la taille d'un homme avec la simplicité d'un enfant.

Quelquefois seul avec elle (il me l'a mille fois raconté), il lui disait au retour de ses travaux : « Lorsque je suis
10 fatigué ta vue me délasse. Quand du haut de la montagne je t'aperçois au fond de ce vallon, tu me parais au milieu de nos vergers comme un bouton de rose. Si tu marches vers la maison de nos mères, la perdrix qui court vers ses petits a un corsage[1] moins beau et une démarche moins

---

1. **Corsage :** buste de la femme.

15 légère. Quoique je te perde de vue à travers les arbres, je n'ai pas besoin de te voir pour te retrouver ; quelque chose de toi que je ne puis dire reste pour moi dans l'air où tu passes, sur l'herbe où tu t'assieds. Lorsque je t'approche, tu ravis tous mes sens. L'azur du ciel est moins beau que le 20 bleu de tes yeux ; le chant des bengalis[2], moins doux que le son de ta voix. [...] Dis-moi par quel charme tu as pu m'enchanter. Est-ce par ton esprit[3] ? mais nos mères en ont plus que nous deux. Est-ce par tes caresses ? mais elles m'embrassent plus souvent que toi. Je crois que c'est par 25 ta bonté. Je n'oublierai jamais que tu as marché nu-pieds jusqu'à la Rivière Noire pour demander la grâce d'une pauvre esclave fugitive. Tiens, ma bien-aimée, prends cette branche fleurie de citronnier que j'ai cueillie dans la forêt ; tu la mettras la nuit près de ton lit. Mange ce rayon 30 de miel ; je l'ai pris pour toi au haut d'un rocher. Mais auparavant repose-toi sur mon sein, et je serai délassé. »

Virginie lui répondait : « Ô mon frère ! les rayons du soleil au matin, au haut de ces rochers, me donnent moins de joie que ta présence. J'aime bien ma mère, j'aime 35 bien la tienne ; mais quand elles t'appellent mon fils je les aime encore davantage. Les caresses qu'elles te font me sont plus sensibles que celles que j'en reçois. Tu me demandes pourquoi tu m'aimes ; mais tout ce qui a été élevé ensemble s'aime. Vois nos oiseaux ; élevés dans les 40 mêmes nids, ils s'aiment comme nous ; ils sont toujours ensemble comme nous. Écoute comme ils s'appellent et se

---

2. Bengalis : petits oiseaux au plumage bleu et brun, originaires des Indes.
3. Esprit : intelligence, qualités intellectuelles.

répondent d'un arbre à l'autre : de même quand l'écho me
fait entendre les airs que tu joues sur ta flûte, au haut de
la montagne, j'en répète les paroles au fond de ce vallon.
45 Tu m'es cher, surtout depuis le jour où tu voulais te battre
pour moi contre le maître de l'esclave. Depuis ce temps-là,
je me suis dit bien des fois : Ah ! mon frère a un bon cœur ;
sans lui je serais morte d'effroi. Je prie Dieu tous les jours
pour ma mère, pour la tienne, pour toi, pour nos pauvres
50 serviteurs ; mais quand je prononce ton nom il me semble
que ma dévotion[4] augmente. Je demande si instamment[5]
à Dieu qu'il ne t'arrive aucun mal ! Pourquoi vas-tu si loin
et si haut me chercher des fruits et des fleurs ? N'en avons-
nous pas assez dans le jardin ? Comme te voilà fatigué ! Tu
55 es tout en nage. » Et avec son petit mouchoir blanc elle lui
essuyait le front et les joues, et elle lui donnait plusieurs
baisers.

*Virginie est contrainte de partir en France pour parfaire son
éducation auprès d'une tante. Après une douloureuse séparation,
elle décide de revenir auprès de Paul et des siens ; mais le bateau
qui la ramène fait naufrage près du rivage, sous les yeux de Paul qui
meurt de chagrin deux mois plus tard.*

Bernardin de Saint-Pierre (1737-1814), *Paul et Virginie* (1788)

---

4. Dévotion : attachement sincère et profond à la religion et ses pratiques.
5. Si instamment : avec tant d'insistance.

AI-JE BIEN LU ?

1 a. Qui sont Paul et Virginie ? Comment ont-ils été élevés ?
b. Dans quel cadre ?

2 Quels sentiments éprouvent-ils l'un pour l'autre en grandissant ?

J'ANALYSE LE TEXTE

Le discours de Paul
....

3 a. À quels éléments naturels Paul compare-t-il Virginie (l. 9-21) ?
b. Ces comparaisons sont-elles valorisantes pour la jeune fille ?
c. Comment Paul explique-t-il son attirance pour Virginie (l. 21-27) ?
d. Que lui apporte sa présence ?

Le discours de Virginie
....

4 Par quel terme Virginie désigne-t-elle Paul (l. 32) ?
5 Comment explique-t-elle l'amour qui la lie à Paul ?
6 Comment l'écho lui offre-t-il l'occasion d'exprimer son amour ?
7 Quelle prière fait-elle à Dieu ?

Les gestes d'amour
....

8 Quels cadeaux Paul fait-il à Virginie ?
9 Quelles attentions Virginie a-t-elle pour Paul lorsqu'il revient après lui avoir cueilli des fruits et des fleurs ?

Je formule mes impressions
....

10 Peut-on selon vous devenir amoureux d'un ami d'enfance ?

TEXTE 3

Duo d'amour

À Vérone, au XIVe siècle, deux puissantes familles, les Montaigu et les Capulet, se vouent une haine féroce. Or, Roméo Montaigu et Juliette Capulet sont tombés amoureux et se sont mariés en secret. Mais Roméo tue en duel un cousin de Juliette et doit quitter la ville avant le jour. Auparavant, il retrouve Juliette...

La chambre à coucher de Juliette.
Entrent Roméo et Juliette.

JULIETTE. – Veux-tu donc partir ? le jour n'est pas proche encore : c'était le rossignol et non l'alouette dont la voix perçait ton oreille craintive. Toutes les nuits il chante sur le grenadier¹ là-bas. Crois-moi, amour, c'est le rossignol.

5 ROMÉO. – C'était l'alouette, la messagère du matin, et non le rossignol. Regarde, amour, ces lueurs jalouses qui dentellent le bord des nuages à l'orient² ! Les flambeaux de la nuit³ sont éteints, et le jour joyeux se dresse sur la pointe du pied au sommet brumeux de la montagne. Je

10 dois partir et vivre, ou rester et mourir.

JULIETTE. – Cette clarté là-bas n'est pas la clarté du jour je le sais bien, moi ; c'est quelque météore⁴ que le soleil

---

1. **Grenadier** : arbrisseau épineux qui produit des grenades.
2. **À l'orient** : à l'est.
3. **Les flambeaux de la nuit** : la lune et les étoiles.
4. **Météore** : corps céleste qui traverse le ciel en laissant une traînée lumineuse.

exhale[5] pour te servir de torche cette nuit et éclairer ta marche vers Mantoue[6]. Reste donc, tu n'as pas besoin de
15 partir encore.

ROMÉO. – Soit ! qu'on me prenne, qu'on me mette à mort ; je suis content, si tu le veux ainsi. Non, cette lueur grise n'est pas le regard du matin, elle n'est que le pâle reflet du front de Cynthia[7] ; et ce n'est pas l'alouette qui frappe
20 de notes si hautes la voûte du ciel au-dessus de nos têtes. J'ai plus le désir de rester que la volonté de partir. Vienne la mort, et elle sera bien venue !... Ainsi le veut Juliette... Comment êtes-vous, mon âme ? Causons, il n'est pas jour.

JULIETTE. – C'est le jour, c'est le jour ! Fuis vite, va-t'en,
25 pars : c'est l'alouette qui détonne ainsi, et qui lance ces notes aiguës et discordantes. On dit que l'alouette prolonge si doucement les accords ; cela n'est pas, car elle rompt le nôtre. On dit que l'alouette et le hideux crapaud ont changé d'yeux[8]: oh ! que n'ont-ils aussi changé de voix,
30 puisque cette voix nous arrache effarés l'un à l'autre et te chasse d'ici par son hourvari[9] matinal ! Oh ! maintenant pars. Le jour est de plus en plus clair.

ROMÉO. – De plus en plus clair ?... De plus en plus sombre est notre malheur.

Roméo quitte la ville. Mais les parents de Juliette organisent son mariage avec le noble Pâris. Pour échapper à ce mariage, Juliette

---

5. **Exhale :** laisse échapper.
6. **Mantoue :** ville où doit se réfugier Roméo, à une centaine de kilomètres de Vérone.
7. **Cynthia :** nom donné à Artémis, déesse de la lune, dans la mythologie grecque.
8. **L'alouette et le hideux crapaud ont changé d'yeux :** selon une croyance populaire, l'alouette aurait pris les yeux du crapaud qui étaient plus beaux que les siens.
9. **Hourvari :** cri.

boit une drogue qui la fera passer pour morte. Mais Roméo, qui n'a pas reçu le message lui expliquant le stratagème, arrive désespéré devant le tombeau de Juliette. Il croit Juliette morte et se tue en buvant un poison. Juliette se réveille trop tard et se poignarde avec l'arme de Roméo.

William Shakespeare (1564-1616), *Roméo et Juliette* (1594-1595), extrait de l'acte III, scène 5, traduit de l'anglais par François-Victor Hugo, revu par Y. Florenne et É. Duret ; © Librairie Générale Française – Le Livre de Poche.

Eleanor Fortescue Brickdale (1871-1945), *One kiss, and I'll descend*, huile sur toile, 81,5 x 112 cm. Collection particulière.

AI-JE BIEN LU ?

1 **a.** Qui sont les deux personnages ? À quelles familles appartiennent-ils ?

b. Pourquoi leur mariage est-il secret ?

2 Dans quel lieu et à quel moment du jour la scène se situe-t-elle ?

3 **a.** Pour quelle raison les amants doivent-ils se séparer ?

b. Quel risque Roméo court-il en restant près de Juliette ?

J'ANALYSE LE TEXTE

Une situation dramatique

> Un **dilemme** est une situation qui nécessite de faire un choix entre deux solutions contradictoires, chacune étant aussi insatisfaisante que l'autre.

4 **a.** Relevez la phrase qui exprime le dilemme de Roméo (l. 9-10).

b. Quel choix doit-il faire ?

c. Quel sentiment rend ce choix douloureux ?

5 **a.** Quelle solution temporaire Juliette propose-t-elle au dilemme ? Citez ses paroles (l. 11-15).

b. Juliette change-t-elle d'avis au cours de la scène (l. 24-26) ? Pourquoi ?

Un chant d'amour et de mort

6 **a.** Que symbolisent l'alouette et le rossignol pour les amants (l. 1-6) ?

b. Citez les termes qui caractérisent leurs chants.

7 **a.** Relevez les champs lexicaux respectifs de la nuit et du jour.

b. Lequel est dominant ? Pourquoi ?

QUESTIONS SUR LE TEXTE 3

> La langue de Shakespeare est poétique, surtout dans les duos amoureux : métaphore, personnification ...

8 Relevez une expression poétique qui montre que le jour est personnifié (l. 5-10).

9 Roméo est-il prêt à mourir pour l'amour de Juliette ? Citez le texte (l. 16-23).

Je formule mes impressions

10 Comment interprétez-vous la dernière réplique de Roméo ? Quelle remarque faites-vous sur le choix des termes ?

J'ÉCRIS

Écrire un dialogue théâtral

11 À la fin des vacances, vous avez dû vous séparer d'un(e) ami(e) avec qui vous aviez créé un lien amical ou sentimental. Au moment du départ, vous vous dites au revoir. Écrivez le dialogue.

> CONSEILS D'ÉCRITURE
> – Vous évoquez un bon moment passé ensemble ; vous formez le projet de vous revoir.
> – Utilisez le lexique des sentiments.
> – Respectez les règles du dialogue théâtral.

TEXTE 4

Duel d'amour

Le roman moderne Juliette forever *propose une réécriture de l'histoire de Roméo et Juliette. Juliette, l'héroïne de la célèbre pièce de Shakespeare, ne s'est pas suicidée par amour ! C'est Roméo qui, devenu un Mercenaire[1], l'a tuée en échange de l'immortalité. Mais il n'avait pas prévu que Juliette survivrait, enrôlée dans le camp adverse des Ambassadeurs[2]. Depuis sept siècles, les amants maudits se vouent ainsi une guerre sans merci pour sauver ou détruire l'amour des autres en se réincarnant.*

Juliette a, cette fois, investi le corps d'Arielle, une jeune Californienne timide et complexée, tandis que Roméo s'est emparé du corps de Dylan, son petit ami. Les deux jeunes gens sont victimes d'un accident de voiture mortel. Dans la voiture accidentée, Roméo attaque brutalement Juliette qui doit contrecarrer sa mission sur terre, une fois de plus...

La douleur est soudain remplacée par la torture des lèvres de Roméo sur mon cou et de ses mains sur mes hanches. Mon corps répond à ses caresses qui m'ont un jour donné l'impression d'être belle et aimée. En même
5 temps, une nausée me tord l'estomac.

— Dégage de là !

---

1. Mercenaires : êtres immortels qui s'acharnent à détruire les couples d'amants et les enrôlent au service du Mal.
2. Ambassadeurs : êtres immortels qui protègent les amoureux et œuvrent pour le Bien.

– *Oh, elle apprend aux flambeaux à illuminer*[3], susurre-t-il[4] à mon oreille, éteignant d'un coup mes détestables tressaillements de désir.

10   Cette horrible pièce. Cette misérable, méprisable pièce pleine de mensonges qu'il a aidé Shakespeare à écrire il y a tant d'années. Son but était de se donner le beau rôle. Et ça n'a fonctionné que trop bien. La tragédie de Shakespeare est encore aujourd'hui pour beaucoup dans le succès des
15   Mercenaires. En rendant la mort si belle, en faisant croire que mourir d'amour est l'acte le plus noble de tous. Alors que rien n'est plus faux. Sacrifier une vie innocente – dans une tentative pathétique de prouver son amour ou pour toute autre raison – n'est qu'un gâchis inutile.

20   Prendre une vie que l'innocence a quittée serait une bonne action. Pourquoi ne puis-je pas tuer cette abomination ? Pourquoi ma vengeance, si facile à justifier, m'est-elle interdite par les Ambassadeurs ? Me tuer n'a pas suffi à Roméo, il a fallu qu'il donne une version dénaturée de
25   notre histoire, ajoutant ainsi l'injure à la trahison.

Mais il sait tout cela. Le monstre.

Il est temps que j'utilise mon bras libre.

– *Sa beauté est suspendue à la face de la nuit comme un*[5]...

Roméo termine dans un grognement. J'ai pris appui
30   avec mes pieds sur le siège et je nous ai tous deux projetés

---

3. Oh, elle apprend aux flambeaux à illuminer : William Shakespeare, *Roméo et Juliette*, acte 1, scène 5 (traduction de François-Victor Hugo) : aux yeux de Roméo, la beauté de Juliette brille d'un éclat incomparable.

4. Susurre : murmurer doucement.

5. Sa beauté est suspendue à la face de la nuit comme un : William Shakespeare, *Roméo et Juliette*, acte 1, scène 5 (traduction de François-Victor Hugo) : aux yeux de Roméo, Juliette a la beauté rayonnante de la lune.

en arrière. Sa colonne vertébrale cogne le tableau de bord avec un bruit sourd tout à fait plaisant. Je commence à retrouver des forces. Peut-être suffisamment pour pouvoir m'enfuir si j'arrive à comprendre comment fonctionne
35 l'ouverture du toit.

Je me retourne, empoigne le pull de Roméo et parviens à le soulever. Son crâne entre en collision avec le panneau de verre qui se fissure dans un claquement sec couvert par le craquement des os.

40 Mon cœur s'emballe alors que Roméo s'écrase sur le siège du conducteur. Je lui ai fait plus de mal que je n'en avais l'intention mais je ne l'ai pas tué. Il est toujours conscient et il gémit. Je concentre mon attention sur le toit. L'odeur de sang frais fait monter la bile dans ma gorge. D'un coup
45 de poing, je réduis le toit de verre en mille morceaux, puis je me glisse à l'extérieur en tremblant.

Je ne prends pas le temps de voir comment va Roméo. Je fais volte-face et je commence à gravir la pente du ravin.

Stacey Jay, *Juliette forever*, chapitre 3,
collection Macadam, © Milan, 2012, DR.

QUESTIONS SUR LE TEXTE 4

AI-JE BIEN LU ?

1 **a.** Où et à quelle époque Roméo et Juliette revivent-ils?
b. Dans quels corps se sont-ils réincarnés ?
c. Quel événement tragique est survenu ?
2 Au service de qui Roméo a-t-il été enrôlé ? Et Juliette ?
3 Pourquoi se battent-ils ? Qui l'emporte ?

J'ANALYSE LE TEXTE

La revanche de Juliette

....

4 À quelle personne le récit est-il mené ? Selon quel point de vue le récit est-il fait ?
5 Comment Juliette réagit-elle aux baisers de Roméo ? Relevez des mots qui s'opposent (l. 1-9).
6 **a.** Par quel terme Juliette désigne-t-elle Roméo (l. 26) ?
b. Quelle « trahison » lui reproche-t-elle d'avoir commise dans le passé (hors-texte) ?
7 **a.** Qui prend l'initiative des coups ? Appuyez-vous sur le sujet des verbes d'action (l. 27-39).
b. Le combat entre les deux anciens amants est-il violent ? Relevez un champ lexical (l. 27-44).

La remise en question du mythe de Roméo et Juliette

....

8 **a.** Qui est l'auteur des citations en italique ? De quelle pièce de théâtre sont-elles extraites ?
b. Qui les utilise ? Dans quelle intention ?
9 Quel est le jugement de Juliette sur la pièce ? Relevez les termes qu'elle utilise pour la caractériser (l. 10-12).

10 « Mourir d'amour est l'acte le plus noble de tous » (l. 16).

a. Comment se termine la pièce de Shakespeare ?

b. Juliette croit-elle toujours que « mourir d'amour » soit « l'acte le plus noble » ? Citez le texte.

Je formule mes impressions

11 Aimez-vous cette « nouvelle » Juliette ? Partagez-vous son avis sur le dénouement de la pièce de Shakespeare ?

J'ÉCRIS

Raconter une poursuite

12 Imaginez que Roméo réussisse à sortir de la voiture et s'élance derrière Juliette. Racontez comment se déroule la poursuite.

CONSEILS D'ÉCRITURE
– Rédigez à la 1re personne (selon le point de vue de Juliette ou de Roméo).
– Utilisez le présent, le passé composé et l'imparfait.
– Employez des verbes d'action.
– Terminez la poursuite comme vous le souhaitez.

TEXTE 5

La mort des amants

Pyrame et Thisbé sont deux beaux jeunes gens vivant à Baby-
lone[1]. Ils habitent deux maisons mitoyennes[2] et sont amoureux
l'un de l'autre ; mais leurs pères s'opposent farouchement à leur
mariage. Ils en sont réduits à se parler en cachette à travers la fente
du mur qui sépare leurs maisons. Un beau jour, ils décident de fuir
ensemble pour vivre leur amour. Ils se donnent rendez-vous à l'aube
en dehors de la ville, près d'un tombeau ombragé par un mûrier,
non loin d'une fontaine...

Il fait encore nuit quand Thisbé sort de chez elle, à pas
de loup pour échapper à la surveillance de sa famille. Le
visage caché par un voile, elle parvient au tombeau et
s'assoit au pied de l'arbre convenu pour attendre Pyrame :
5 c'est l'amour qui lui donne de l'audace !
Mais voici qu'une lionne, la gueule encore rouge du
sang de ses victimes, s'avance ; elle vient se désaltérer[3] à
la fontaine voisine. De loin, à la pâle lumière de la lune,
Thisbé l'a aperçue ; toute tremblante elle s'enfuit et se
10 réfugie dans une grotte non loin de là. Mais dans son
affolement, elle laisse tomber le voile qui couvrait ses
épaules. La lionne a fini de boire et se prépare à regagner
la forêt, quand elle trouve par hasard le voile léger de la
jeune fille ; elle le flaire[4], le déchire et le souille[5] du sang

---

1. **Babylone :** ville antique de Mésopotamie
dont les ruines se trouvent au sud de Bagdad, en Irak.
2. **Mitoyennes :** contiguës, voisines.

3. **Désaltérer :** calmer sa soif.
4. **Flaire :** renifle, hume.
5. **Souille :** salit, tache.

15 qui rougit sa gueule. Puis elle s'éloigne vers les fourrés en
l'abandonnant sur place.

Sorti plus tard de chez lui, Pyrame se hâte maintenant
sur le chemin ; soudain il remarque les traces du fauve
dans la poussière et pâlit : il craint le pire pour sa chère
20 Thisbé ! Hélas ! quand il trouve, près du tombeau, le voile
déchiré et ensanglanté, il s'écrie :

– La même nuit verra la mort de deux amants ; de nous
deux tu étais la plus digne de vivre ; c'est moi qui suis le
coupable, moi qui t'ai fait venir la nuit en ce lieu sauvage.
25 Ah ! pourquoi ne suis-je pas arrivé le premier ? Ce serait
trop lâche de ne pas te suivre dans la mort, mon amour !

Il prend le voile de Thisbé et l'emporte sous le mûrier où
il aurait dû retrouver la jeune fille ; il le couvre de larmes
et de baisers. Puis tirant son épée du fourreau[6], il la
30 plonge dans sa poitrine ; il s'effondre, mourant, en l'arra-
chant de sa blessure, tandis que son sang jaillit et écla-
bousse les fruits de l'arbre : les mûres jadis blanches se
teintent de pourpre.

Cependant Thisbé, encore tremblante, sort de sa cachette
35 pour ne pas faire attendre son amant. Elle cherche des
yeux le jeune homme, elle a hâte de lui raconter le danger
auquel elle a échappé. Elle reconnaît le lieu, elle reconnaît l'arbre, mais elle hésite soudain : les fruits ne sont
plus de la même couleur. Alors elle aperçoit avec horreur
40 un corps qui palpite sur la terre rougie ; elle recule, elle
pâlit d'effroi et frissonne comme la surface de la mer sous

---

6. **Fourreau :** étui de protection et de rangement de l'épée.

Les malheurs de Pyrame et Thisbé, XIXᵉ siècle. Image d'Épinal.

une brise légère. Mais déjà elle a reconnu son bien-aimé.
Folle de douleur, elle s'arrache les cheveux, enlace ce corps
chéri et sanglote en couvrant de baisers son visage glacé :
45 – Pyrame ! mon amour ! c'est moi, ta chère Thisbé ;
réponds-moi, je t'en prie !

Dans un dernier effort, Pyrame lève sa tête vers Thisbé, il la regarde une dernière fois et ses yeux se ferment à jamais.

50 Alors elle reconnaît son voile ensanglanté et voit le fourreau vide de l'épée de Pyrame :

– Malheureux ! c'est ta propre main qui t'a porté le coup fatal, c'est ton amour qui t'a tué ! Moi aussi j'ai une main qui ne tremblera pas et un amour qui me donnera 55 la force de frapper. Je te suivrai dans la mort puisque j'ai été la cause de la tienne ; nous serons l'un à l'autre pour toujours.

Que nos pères ne nous séparent pas dans la mort et nous unissent dans le même tombeau ! Et toi, arbre qui devais 60 abriter nos amours, porte à jamais des fruits sombres en signe de deuil et en souvenir de deux amants malheureux !

À ces mots, elle s'empare de l'épée encore rouge du sang de Pyrame, elle l'appuie sur sa poitrine et se laisse tomber 65 sur le corps de son bien-aimé. Dans un dernier souffle, elle pose ses lèvres sur les siennes pour un dernier baiser.

Ses vœux furent exaucés : leurs deux pères touchés par tant d'amour réunirent leurs cendres dans une même urne ; et les dieux permirent que le fruit du mûrier garde 70 cette sombre teinte pourpre[7].

Ovide (43 avant J.-C.-17 après J.-C.), *Les Métamorphoses*, livre IV, adapté du latin par Michèle Busseron

---

7. **Les dieux permirent que le fruit du mûrier garde cette sombre teinte pourpre :**
Ovide raconte ici la naissance du mûrier aux baies noires.

QUESTIONS SUR LE TEXTE 5

AI-JE BIEN LU ?

1 Qui sont les deux héros ? Où vivent-ils ?

2 Qui s'oppose à leur amour ? Que décident-ils ?

3 **a.** Où se donnent-ils rendez-vous ? À quel moment de la journée ?

b. Pourquoi Thisbé, arrivée la première, se cache-t-elle ?

4 **a.** Quel objet Pyrame trouve-t-il en arrivant ? Que croit-il ?

b. Quelles sont les conséquences de sa méprise ?

J'ANALYSE LE TEXTE

Un récit tragique

5 **a.** Quel concours de circonstances mène à la mort des amants ?

b. Quel rôle joue le voile de Thisbé dans le récit ?

6 Quel changement le mûrier subit-il (l. 29-33) ? Pourquoi ?

Un amour malheureux

7 **a.** Quel sentiment chacun des amants exprime-t-il par ses paroles (l. 22-26 ; l. 45-46 ; l. 52-57) ? Appuyez-vous sur le champ lexical de l'amour et de la mort et les types de phrases.

b. Quel geste d'amour Pyrame fait-il avant de mourir ? Et Thisbé ?

8 Pourquoi la métamorphose du mûrier est-elle définitive ? De quoi devient-il le symbole ?

Je formule mes impressions

9 Quels points communs voyez-vous entre l'histoire de Pyrame et Thisbé et celle de Roméo et Juliette ?

L'amour fatal à travers les arts

Roméo+Juliette, 1996, film de Baz Luhrmann.

L'amour fatal à travers les arts

Le Roman de Tristan et Iseut a connu un grand succès à travers les siècles ainsi que le thème des amants maudits qui s'y rattache. Les artistes de toutes les époques ont été inspirés par le sort malheureux des amants.

1. Le livre au Moyen Âge : miniatures et enluminures

— Le manuscrit, le parchemin, le codex

Un **manuscrit** (du latin *manus*, « la main », et *scribere*, « écrire ») est un texte écrit à la main sur un **parchemin** (fabriqué avec une peau d'animal) par des **moines copistes**. Au Moyen Âge, les livres, appelés **codex**, sont constitués de plusieurs cahiers de parchemins reliés entre eux.

— L'enluminure et la miniature

L'**enluminure** (du latin *illuminare*, « rendre lumineux », « embellir ») est une peinture exécutée à la main pour décorer ou illustrer un manuscrit. Il peut s'agir de **simples motifs décoratifs** (lettres décorées, guirlandes de fleurs, arabesques...) ou de petites scènes qu'on appelle des **miniatures**. La réalisation d'un manuscrit est un travail d'équipe. L'enluminure est réalisée par un **enlumineur** qui travaille avec des couleurs naturelles et utilise des pinceaux très fins pour soigner les détails.

Certains manuscrits enluminés fournissent des **témoignages précieux** sur la vie quotidienne au Moyen Âge. Mais l'intérêt de ces enluminures est surtout **d'ordre artistique**, de par la fraîcheur des coloris, la science de la composition et la minutie du dessin.

— Le codex Manesse et le poète Konrad von Altstetten

Le **codex Manesse** est un vaste recueil de **poèmes** et de **chansons d'amour courtois** écrits en allemand médiéval et réunis par une famille zurichoise, la famille Manesse, dans la première moitié du XIVe siècle. Leurs auteurs sont des poètes appartenant à la noblesse appelés Minnesänger. Ce recueil comporte 138 enluminures qui représentent les poètes chevaliers dans leurs **activités chevaleresques et courtoises**. Chaque auteur du recueil est introduit par sa miniature suivie de ses œuvres.

Le poète Konrad von Altstetten appartient à une famille de la haute noblesse : ses armoiries sont représentées en haut de la miniature (voir plat 2). Ce poète a sans doute vécu dans la deuxième moitié du XIIIe siècle. Le codex Manesse contient trois de ses œuvres évoquant la nature, l'amour de sa dame et sa beauté.

▶ LE QUESTIONNAIRE ASSOCIÉ À L'ENLUMINURE *SEIGNEUR KONRAD VON ALTSTETTEN* SE TROUVE P. 155.

2. La peinture

— **Pierre-Claude Gautherot et le néoclassicisme**

Pierre-Claude Gautherot est né à Paris en 1769 et mort en 1825. En 1787, il devient l'élève du peintre **Jacques-Louis David** (1748-1825), chef de file de l'École néoclassique en France.

Le néoclassicisme s'est développé en Europe entre 1760 et 1830 environ : il prône le retour à **la simplicité du style antique** en réaction contre le style rococo gracieux et fantaisiste du début du XVIIIe siècle ; il donne **la primauté à la perfection de la ligne et du dessin** sur la couleur et le mouvement et revendique l'héritage du peintre classique **Nicolas Poussin** (1594-1665).

À l'époque où David peint *Les Sabines arrêtant le combat entre les Romains et les Sabins* (1799), Pierre-Claude Gautherot emprunte, lui aussi, un **sujet à l'Antiquité** : la légende de *Pyrame et Thisbé* racontée par le poète latin Ovide dans *Les Métamorphoses* ; et les deux peintres font alors le choix de la **nudité comme expression de la beauté idéale**.

Cette légende avait aussi inspiré le peintre Nicolas Poussin : *Paysage orageux avec Pyrame et Thisbé* (1651). Mais contrairement à lui, Gautherot met au premier plan **la mort tragique des deux amants**, et non le paysage ; et par certains côtés, il annonce le mouvement romantique qui se développera au xixe siècle : ambiance nocturne, sentiments exaltés, thème de l'amour fatal.

▶ LE QUESTIONNAIRE ASSOCIÉ AU TABLEAU *PYRAME ET THISBÉ* SE TROUVE P. 156.

3. La sculpture

▬ Milton Elting Hebald

Le sculpteur **Milton Elting Hebald** (1917-2015), né à New-York, a vécu longtemps à Rome. Il sculpte le bronze, mais aussi la terre cuite, le plâtre et le bois. Il a été largement influencé par les sculpteurs français et italien **Auguste Rodin** (1840-1917) et **Le Bernin** (1598-1680) et se rattache au mouvement **baroque**. Le baroque en sculpture se caractérise par l'art de rendre **le mouvement** et **la vie**. Hebald réalise ainsi des figures qui semblent vivantes : personnages en train de danser, chanter, courir, s'embrasser. Il travaille particulièrement **les expressions des visages, les postures des corps, les chevelures et les drapés féminins**.

Bon nombre de ses œuvres sont exposées dans des **lieux publics** : la plus connue est la série monumentale des **douze signes du zodiaque** longtemps exposée à l'entrée de l'aéroport international John Kennedy de New York. La statue de Roméo et Juliette se trouve quant à elle à **Central Park**, devant le théâtre Delacorte où sont données chaque été des pièces du dramaturge anglais, William Shakespeare.

▶ LE QUESTIONNAIRE ASSOCIÉ À LA STATUE *ROMEO AND JULIET* SE TROUVE P. 158.

4. L'affiche de cinéma

— L'origine des affiches de cinéma

L'affiche de cinéma trouve ses origines à la fin du xixe siècle dans les affiches de théâtre, réalisées par des artistes tels qu'**Alfons Mucha** (1860-1939) et **Henri de Toulouse-Lautrec** (1860-1901).

Les affiches de cinéma sont apparues avec les premiers films : c'est Henri Brispot (1846-1928) qui a créé l'affiche du *Cinématographe Lumière* (1895) à l'occasion de la première projection du film des **frères Lumière**. Certaines affiches ont marqué l'histoire du cinéma, comme celles de Jean-Denis Maclès (1912-2002) pour le film de **Jean Cocteau** (1889-1963), *La Belle et la Bête* (1946).

— Les caractéristiques de l'affiche de cinéma

L'affiche de cinéma associe **texte** (titre du film, nom du réalisateur et des acteurs...) et **image**. Le talent de l'**affichiste** consiste à concentrer sur l'image les **principaux ingrédients** du film, afin de **susciter le désir de le voir**. Il joue sur le **graphisme** (dessin), la **composition** et les **couleurs**. Les affiches ont d'abord été reproduites selon le procédé de la **lithographie** (impression à partir d'un dessin tracé sur une pierre calcaire avec un crayon gras). Les encres de couleurs vives forment des **aplats** (surface de couleur uniforme). À partir du milieu du xxe siècle, des procédés d'impression plus modernes ont permis de grands tirages.

— *Romeo+Juliet de William Shakespeare*,
Baz Luhrmann (1996)

Le film du réalisateur australien, **Baz Luhrmann** (né en 1962), est une adaptation de la pièce de William Shakespeare, *Romeo and Juliet* (1594-1595). L'action est transposée au xxe siècle, à Verona Beach, quartier de Los Angeles. Les Montaigu et les Capulet appartiennent à deux gangs rivaux de la mafia et se livrent à des batailles de rue parfois mortelles. Un jour, Roméo Montaigu se rend à un bal masqué chez les Capulet et tombe amoureux de leur fille Juliette... Mais si le revolver remplace la dague ou l'épée, le réalisateur a conservé le texte original de Shakespeare.

Une mise en scène originale et flamboyante, une large place accordée à la musique et à la danse ainsi que le choix de l'acteur **Leonardo DiCaprio** pour le rôle de Roméo : tout était réuni pour faire de l'œuvre le film culte d'une génération.

Les deux gangs ennemis sont imprégnés de **culture latino-américaine**, et les symboles religieux catholiques sont omniprésents : la croix unissant les deux prénoms des amoureux dans le titre anglais ; le costume d'ange de Juliette lors du bal ; la cérémonie de mariage à l'église et l'image de la Vierge de Guadalupe... Et ces éléments se retrouvent sur l'affiche du film, avec la photo des amants immortels.

▶ LE QUESTIONNAIRE ASSOCIÉ À L'AFFICHE DU FILM *ROMÉO + JULIETTE DE WILLIAM SHAKESPEARE* RÉALISÉ PAR BAZ LUHRMANN EN 1996 SE TROUVE P. 157.

ÉTUDIER UNE ENLUMINURE :
SEIGNEUR KONRAD VON ALTSTETTEN, CODEX MANESSE

Vous trouverez cette œuvre en 2e de couverture de cet ouvrage.

LA NATURE ET LA COMPOSITION

1 **a.** Identifiez la nature de l'image. De quelle œuvre est-elle extraite ?
b. À quelle époque a-t-elle été réalisée ? Sur quel support ? Dans quel lieu et dans quelle ville est-elle conservée ?
2 **a.** Comment l'image est-elle composée ? Décrivez la bordure.
b. Observez-vous un effet de perspective ?

LA SCÈNE REPRÉSENTÉE

3 **a.** Quelle est la scène représentée ? Dans quel cadre ?
b. Quels sont les personnages ? Décrivez leur attitude et l'expression de leurs visages.
4 Identifiez et décrivez l'oiseau.
5 **a.** Quels éléments de l'image rattachent ces personnages au monde de la chevalerie ?
b. Lesquels renvoient au code de l'amour courtois ?

L'ART DE L'ENLUMINURE

6 Quelle est la forme géométrique dominante utilisée par l'artiste ? Quel est l'effet ainsi produit ?
7 **a.** Les couleurs sont-elles nombreuses ? S'agit-il plutôt de couleurs chaudes ou froides ?
b. Le dessin est-il précis (rendu des expressions des visages, des vêtements...) ?
8 Aimez-vous cette image ? Quelles émotions suscite-t-elle en vous ?

ÉTUDIER UN TABLEAU :
PYRAME ET THISBÉ, PIERRE-CLAUDE GAUTHEROT

Vous trouverez cette œuvre en 3ᵉ de couverture de cet ouvrage.

LA NATURE ET LA COMPOSITION

1 **a.** Identifiez l'auteur du tableau, l'époque, ses dimensions.
b. Quelle est la technique utilisée ?

2 Quels sont les personnages représentés au premier plan ?

3 Dans quelle figure géométrique les personnages s'inscrivent-ils ? Appuyez-vous sur les lignes passant par leurs corps et l'épée.

4 D'où vient la lumière ? Quelle partie du tableau est éclairée ?

LA SCÈNE REPRÉSENTÉE

5 **a.** Dans quel cadre la scène se déroule-t-elle ? À quel moment ?
b. Quels éléments du décor jouent un rôle dans cette légende ?

6 **a.** Pour quelle raison Pyrame est-il mort à cet endroit ?
b. Quel objet a-t-il dans la main droite ?

7 **a.** Que tient Thisbé dans chacune de ses mains ? Qu'a-t-elle l'intention de faire ?
b. Quelle est la direction de son regard ? Qui invoque-t-elle ?

LE TRAVAIL DE L'ARTISTE

8 **a.** Comment l'artiste a-t-il rendu la beauté des corps (attitude, lignes formées par les membres, éclat de la chair...) ?
b. Observez le jeu des plis des vêtements de Thisbé. Comment l'idée de mouvement est-elle rendue ?

9 **a.** Quelle est la couleur du manteau de Pyrame étalé au sol ? Que symbolise-t-elle ?
b. En quoi les effets de lumière dramatisent-ils la scène ?
c. Quels sentiments le visage de Thisbé exprime-t-il ?

10 Que ressentez-vous face à ce tableau ?

ÉTUDIER UNE AFFICHE DE FILM : *ROMÉO + JULIETTE DE W. SHAKESPEARE*, BAZ LUHRMANN

Vous trouverez cette œuvre en p. 149 de cet ouvrage.

LA NATURE ET LA COMPOSITION

1 Identifiez la nature de l'image. À quelle date a-t-elle été réalisée ?

2 **a.** Quelle place occupe le texte ?

b. Quelles informations donne-t-il ?

3 **a.** Identifiez les personnages.

b. Où sont-ils représentés ? Sur quel support ?

4 **a.** Quels objets sont posés près d'eux ? Sur quel fond ?

b. Observez-vous un effet de perspective ?

LA REPRÉSENTATION DU MYTHE

5 **a.** Décrivez les personnages (attitude, expression du visage, couleurs...).

b. Vous semblent-ils vivants ?

6 **a.** Quels éléments renvoient à la religion ? Lequel à la violence ?

b. Quel objet est à la fois un symbole d'amour et de mort ?

L'ART DE L'ARTISTE

7 **a.** En quoi cette image s'apparente-t-elle à une nature morte (représentation artistique d'objets inanimés) ?

b. Observez les couleurs. Quelle atmosphère est ainsi créée ?

8 Quelles émotions cette image suscite-t-elle en vous ?

ÉTUDIER UNE MINIATURE, UNE ENLUMINURE ET UNE SCULPTURE

MINIATURE (P. 15)

— **Premières impressions**

1 Que représente cette image ?

2 Combien y a-t-il de personnages masculins, féminins ? Où se trouvent-ils ?

3 À quelle histoire vous attendez-vous ?

— **Après étude du roman**

4 Repérez Tristan et Iseut. Comment sont-ils vêtus ? Pourquoi sont-ils sur une nef ?

5 Pourquoi s'ennuient-ils ? À quel jeu jouent-ils ?

6 Quel personnage sert le vin herbé ? Qui boit le philtre ?

7 Quelle expression lisez-vous sur le visage d'Iseut ?

8 Trouvez-vous que l'artiste a pris des libertés avec le texte ?

ENLUMINURE (P. 85)

9 De quel type d'habitation Tristan et Iseut sortent-ils ?

10 Pourquoi Tristan a-t-il son épée à la main ? Et que porte Iseut sur la tête ?

11 Comment l'artiste a-t-il rendu l'épaisseur de la forêt et la solitude des amants ?

SCULPTURE (P. 125)

12 Quel est le matériau utilisé pour la statue ?

13 **a.** Décrivez les personnages (taille, corpulence, vêtements).
b. Dans quelle position le sculpteur a-t-il choisi de les saisir ?

14 Quel mouvement effectuent-ils l'un vers l'autre ?

15 Quelle expression devine-t-on sur le visage des amants ?

16 Aimez-vous cette statue ? Pourquoi ?

INDEX

Les notions

Les exercices sur la langue

Les exercices d'écriture

Débattre

Le saviez-vous ?

Pour aller plus loin

TABLE ICONOGRAPHIQUE

plat 2	ph ©	Universitätsbibliothek, Heidelberg/Wikipédia commons
plat 3	ph ©	Georges Poncet / RMN-Grand Palais
6, 15	ph ©	Archives Hatier
41, 61	ph ©	Archives Hatier
75, 85	ph ©	Archives Hatier
117	ph ©	Akg Images
125	doc.	bigcitiesbrightlights.wordpress.com (© Milton Elting Hebald/DR)
136	ph ©	The Maas Gallery, London/bridgemanimages.com
146	ph ©	Roger-Viollet
149	Coll.	Prod DB © 20TH Century Fox/DR

Et 2 à 13, 26 à 32, 44 à 46, 53 à 55, 64 à 66, 76 à 78, 89 à 91, 102 à 105, 118 à 124, 129, 133, 137, 138, 142, 143, 148, 150 à 158 ph © Archives Hatier

Achevé d'imprimer par Black Print CPI Iberica S.L.U - Espagne
Dépôt légal 99148-6/02 - janvier 2016
Iconographie : Hatier Illustrations
Graphisme : Mecano – Laurent Batard
Mise en pages : Alinéa
Édition : Tiffany Moua